Fernando Pessoa:
Entre almas e estrelas

Haquira Osakabe

FERNANDO PESSOA:
ENTRE ALMAS E ESTRELAS

Editado por
Maria Lúcia Dal Farra

ILUMINURAS

Copyright © *2013*
Teresinha Tizu Sato Schumaker

Copyright © *desta edição*
Editora Iluminuras Ltda.

Capa
Eder Cardoso / Iluminuras
sobre *Lux*, obra de Laura Vinci, Exposição Carpe Diem Arte e Pesquisa,
Lisboa 2010. Foto de Katherine Masters.

Revisão
Bruno Silva D'Abruzzo

CIP-BRASIL. CATALOGAÇÃO NA PUBLICAÇÃO
SINDICATO NACIONAL DOS EDITORES DE LIVROS, RJ

O89f

Osakabe, Haquira, 1939-2008
    Fernando Pessoa : entre almas e estrelas / Haquira Osakabe ; compilação Maria Lúcia Dal Farra. - 1. ed. - São Paulo : Iluminuras, 2013.
    128 p. : il. ; 21 cm

    ISBN 978-85-7321-410-9

    1. Pessoa, Fernando, 1888-1935 - Crítica e interpretação. I. Farra, Maria Lúcia Dal. II. Título.

13-00004   CDD: 869.1
                                   CDU: 821.134.3-1
09/04/2013   09/04/2013

2013
EDITORA ILUMINURAS LTDA.
Rua Inácio Pereira da Rocha, 389
05432-011 - São Paulo - SP - Brasil
Tel./Fax: 55 11 3031-6161
iluminuras@iluminuras.com.br
www.iluminuras.com.br

SUMÁRIO

Pessoano, Pessoal, 9
José Miguel Wisnik

FERNANDO PESSOA: ENTRE ALMAS E ESTRELAS

I. Apresentação, 17

II. Uma discussão fundamental, mas nada básica:
Pessoa e a função demiúrgica, 21

IIa. Das origens da função demiúrgica, 23
IIb. Interpretações e autointerpretações, 24

III. Vertentes estéticas, 31

IIIa. O Sensacionismo, 31
IIIb. O Interseccionismo, 32
IIIc. A conjunção poética, 37

IV. Ficções do interlúdio: um projeto salvífico, 43

IVa. Alberto Caeiro, 46
IVb. Álvaro de Campos, 50
IVc. Ricardo Reis, 55

V. O drama em gente, 63

VI. O caminho místico, 69

VII. O nacionalismo místico, 79

VIII. Os desassossegos, 83

50 Depoimentos sobre Haquira, 87

PESSOANO, PESSOAL

José Miguel Wisnik

A introdução à obra pessoana, por Haquira Osakabe, que se lê em Fernando Pessoa: Entre almas e estrelas, *foi originalmente encomendada ao autor por Arthur Nestrovski, editor da PubliFolha, para a coleção* Folha Explica. *Sabíamos que Haquira estava trabalhando nela, quando faleceu, em maio de 2008, depois de um longo período de doença. Sem ter anunciado a ninguém o completamento do trabalho, e sabendo-se das condições em que teria sido feito, não esperávamos encontrar o texto integral e luminoso que veio a ser localizado por suas irmãs, Teca e Cristina, entre seus arquivos.*

Sintético e didático, como pedia o gênero, o percurso empreendido por Haquira é, além disso, pessoal e espiralado, partindo da experiência da Lisboa pessoana, cujos sítios ele mesmo reconhece e palmilha, para identificar em seguida a matriz decadentista que está na base da grande aventura espiritual do poeta pensador, decadentismo ao qual Pessoa responde com um afirmativo e, no limite, insustentável Neopaganismo — estrelado de seus heterônimos, espraiado na reinvenção do Sebastianismo e desejadamente superado na direção de um caminho alquímico voltado para o Oculto.

Haquira decanta, com o desafio da simplicidade maior, o caminho original de seu livro Fernando Pessoa — Resposta à decadência *(Curitiba: Criar Edições, 2002), bem como de seu ensaio "O livro do mundo", sobre o* Livro do desassossego, *contido em* Poetas que pensaram o mundo *(org. Adauto Novaes, São Paulo: Companhia das Letras, 2005). Se as ideias retornam, transparentes, em seu alcance totalizante e maduro, abrangendo sem afetação as mais vertiginosas paragens da viagem imaginária e reflexiva do poeta pensador, torna-se essencial, aqui, o desenho de um ir e vir que encontra na figura de Bernardo Soares, e na sua correspondente Lisboa, o lastro, o porto de partida e de chegada, o lugar de reconhecimento possível, na trajetória do poeta, entre o dimensionável e o indimensionável do humano. É no desenho desse caminho sutil, e nas escolhas que o pressupõem, que aquilo que era uma interpretação da obra de Pessoa, no livro anterior, torna-se também, em* Fernando Pessoa: Entre almas e estrelas, *um silencioso testemunho de vida.*

Para que o leitor entenda essa afirmação, é necessário adotar a chave mais pessoal que nos abrirá caminho para os depoimentos contidos na parte final deste livro, agregados a ele como seu suplemento tão precioso quanto condizente.

Haquira Osakabe nasceu em Ribeirão Preto, interior de São Paulo, filho de pai e mãe professores, imigrantes nascidos no Japão, sendo a mãe poeta. Cursou a Escola Normal, que formava professores do ensino primário e, graças a um concurso público, tornou-se mestre alfabetizador numa escola da Praia Grande, então parte do município de São Vicente, litoral do Estado. Ao mesmo tempo, dava aulas de Português no curso colegial noturno do Instituto de Educação Martim Afonso, onde eu, dez anos mais novo, e aluno do ginásio, vim a conhecê-lo, contando com a sorte máxima de tê-lo como referência e guia de vida em todos os caminhos que percorri, desde então e para sempre. Vale dizer, para iniciar já a série incontável de relatos análogos da qual se dá uma poderosa amostra na já citada parte final do livro, cuja configuração total precisamos saber ler, que Haquira acompanhou de perto as minhas leituras colegiais, incluindo a leitura extensiva da poesia de Pessoa, além de me fazer ver, na época, com a delicadeza e a firmeza necessárias, que o meu rumo era o do curso de Letras.

Colegas seus, professores daquela que se tornou um extraordinário exemplo de escola pública, em boa parte graças a ele, fizeram-no ver também que o próximo passo do destino dele era o curso de Letras. Haquira viveu os tempos incandescentes da Faculdade de Filosofia, Ciências e Letras na Rua Maria Antonia, a partir de 1966, sobre os quais escreveria mais tarde um ensaio crucial, "Semiologia da saudade", e partiu depois para a França, formando o grupo de linguistas que fundou o Instituto de Estudos da Linguagem da Unicamp, no início dos anos de 1970. Especialista em análise do discurso, deixou um livro de referência na área, Argumentação e discurso político *(São Paulo: Kairós, 1979)*, antes de voltar para a sua vocação profunda, a literatura, e, entre todas, a portuguesa. Aposentado na Unicamp, teve importantes participações nos programas de língua portuguesa na Universidade de Georgetown e nas Universidades da Califórnia em Berkeley e em Los Angeles.

Se me estendo nessas informações curriculares é apenas para dizer o mais essencial. Haquira dedicou-se a todos os graus do ensino público, do primeiro ano primário ao pós-doutorado, da Praia Grande a Berkeley, sem fazer qualquer distinção de status entre eles, e tornando-se, em todos eles, fundamental para colegas, alunos, funcionários, que depositaram tantas vezes em suas mãos a confiança e a confidência, as interrogações afetivas e intelectuais, e receberam companhia generosa, inteligência sensível, alegria da vida e sentimento do mundo, amor e humor, toques reparadores e implacáveis nos pontos e momentos certos, e a atenção mais fina às potencialidades, aos dramas invisíveis e à singularidade de cada um.

A sua morte deu a essa ação continuada e discreta, irradiante, uma evidência inesperada, embora suspeitável. Muitas pessoas, atuantes em áreas do conhecimento diversas, de diferentes gerações, nos vários lugares em que Haquira atuou, fizeram questão de manifestar a força da sua lembrança, intuindo que suas gratidões individuais faziam parte de uma trama intangível maior. Se a doação ao outro só é verdadeira ali onde ela não se apresenta como tal, esse princípio de ouro se aplicou a *tudo que Haquira Osakabe fazia, marcando também a relação reservada com a sua própria produção intelectual.* Trabalhando *décadas sobre seus temas de eleição, como a poesia mística, da qual preparou um antologia ainda a ser publicada, ou sobre os romancistas católicos, ou sobre Pessoa, escolheu lançar* Resposta à decadência *por uma editora paranaense pouco conhecida mas afetivamente próxima, como se quisesse manter o livro numa zona livre do excesso de atenção pública, e cercada de proximidade pessoal.*

Suspeito que evitava instintivamente a relação com a dimensão pública enquanto anonimato de massa, como se pudesse preservá-la numa relação diferenciada com cada pessoa. É isso que transparece na chuva de manifestações que lemos no final deste livro, e que dão apenas uma ideia das muitas outras que poderiam estar aí, se houvesse condições de reuni--las. Elas apontam para algo que só se pode captar naquela frequência nítida e etérea que temos de situar, para falar em termos decididamente pessoanos, na dimensão da Obra.

Por isso mesmo, este livrinho que temos em mãos vem como uma dádiva. Escrito no limite extremo, com conquistada serenidade perante os problemas tremendos que levanta, deixa-nos um mapeamento claro, transparente e não facilitador, da trajetória daquele que se aproximou do Oculto, que quis passar além da Dor e do Sacrifício, mas que aceitou erigi-los como o ponto de viragem do Cais Absoluto.

Maria Lúcia Dal Farra trabalhou dia e noite para revisá--lo, acrescentar-lhe notas, e pastorear os amigos que vieram a participar dele. Fernando Cabral Martins, que dedicou a Haquira o monumental Dicionário de Fernando Pessoa e do Modernismo Português, *elaborado sob sua coordenação, escreveu generosamente a orelha. Desfeito o projeto inicial da PubliFolha, tendo Arthur Nestrovski sido chamado para participar de outras importantes empreitadas artísticas, Samuel Leon o acolheu na Iluminuras, editora pela qual Haquira cultivava especial carinho. Depoimentos indicaram que* Fernando Pessoa: Entre almas e estrelas *era o título pensado inicialmente por Haquira para* Fernando Pessoa — Resposta à decadência. *O nome calhou à perfeição para este livro.*

FERNANDO PESSOA: ENTRE ALMAS E ESTRELAS

I. APRESENTAÇÃO

O número 16 da Rua Coelho da Rocha, em Campo D'Ourique, Lisboa, ostenta uma placa indicando "Casa Fernando Pessoa". Ali foi o último endereço do poeta, muito perto do cemitério onde foi enterrado, o dos Prazeres. Embora hoje seu corpo encontre abrigo no Mosteiro dos Jerônimos, aquela espécie de Panteão dos heróis portugueses, ficaram, pelo velho bairro, vestígios de uma vida misteriosa daquele que com certeza foi o maior "caso" literário do século XX. É claro que traduzo de perto o sentimento pessoal de haver conhecido Lisboa a partir dali, do percurso que vai do número 10 da Sampaio Bruno, de cuja sacada eu via aquele cemitério, até a esquina da Coelho da Rocha com a Rua Tomas da Anunciação. O primeiro endereço era o do saudoso Sr. Pedro de Souza, gerente da livraria "Diário de Notícias", no Chiado, e o segundo, era onde morava a Fernanda de Souza (Ta) que foi quem me levou até a janela do seu apartamento e me indicou o velho prédio, onde o poeta havia morado. O trajeto entre as duas moradas perfazia o último percurso de Pessoa.

Impossível não ser tomado do mais profundo espanto de pisar aquelas calçadas. Pessoa estava presente perto de todos os endereços daquela primeira visita. Por exemplo, em frente ao escritório do Sr. Pedro de Souza, ficava "A Brazileira", a célebre pastelaria frequentada pelo poeta e amigos de sua geração. Lembro bem que o famoso retrato do autor feito pelo Almada Negreiros ainda lá estava. De modo que, de cara, me vi apanhado pelas malhas de um fascínio pelo poeta como se a cada esquina ele ali aparecesse em sutis, mas não menos assombrosos desdobramentos.

A vida misteriosa de que falei acima não é aquela biografável e contabilizável em calendários, testemunhos e registros cartoriais. Estou me referindo à vida interior de um escritor que, de tão suficiente em seus sonhos e de tão avesso ao mundo seu contemporâneo, acabou por criar pela poesia outros poetas, diferentes de si, sem negá-lo, definindo ainda, por eles e por outros expedientes, seus interlocutores e parceiros mais próximos, tornando-se desse modo o maior crítico e o maior teórico de sua obra. Estou falando da heteronímia, nome que o próprio autor confere ao seu processo criativo fundamental, dando origem ao conjunto dos poetas que ele criou, interdependentes, mas, ao mesmo, estilisticamente autônomos. Os mais conhecidos deles seriam Alberto Caeiro, Álvaro de Campos, Ricardo Reis e um Fernando Pessoa, que ele denomina ortônimo, que não corresponde necessariamente à pessoa do autor.

Todo este pequeno livro se ocupará de questões suscitadas por esse processo criador. A magnitude do conjunto de sua obra cuja maior parte ficou significativamente acumulada dentre poucos textos publicados (um livro apenas e outras publicações avulsas) e a mítica arca que hoje resume seu espólio, constitui até agora um vertiginoso desafio para os seus pesquisadores. Mas é a natureza multiplamente superposta e intersectada de sua obra que a meu ver constitui a mais intrigante armadilha crítica de que se tem notícia em literatura ocidental.

Este é o ponto que se me afigura central em Pessoa e que já se achava prenunciado no texto dramático, *O Marinheiro*, publicado em 1912 na Revista Águia, da cidade do Porto, quando o autor mal iniciava sua carreira.[1] Para quem não conhece a obra, relembro apenas aquela passagem que lhe dá nome: o "drama", de que trata o texto, se passa entre três irmãs que velam uma quarta. Enquanto o fazem, perdem-se em conversas, até que uma delas propõe que a outra reconte a história do marinheiro que se teria perdido em alto-mar e estaria abrigado numa ilha deserta.

---

[1] PESSOA, Fernando. "O Marinheiro". *Obra poética em um volume* (org. intr. e notas de Maria Aliete Galhoz). Rio de Janeiro: Editora Nova Aguilar S.A, 2001, pp. 441-451. Vai-se indicar ao final dos poemas seguintes a página em que cada um se localiza nesta edição.

A história dizia então de um marinheiro náufrago solitário que para vencer o tempo, como o fazem agora as veladoras, passa a sonhar diuturnamente com sua terra, que vai se modificando vagarosamente, cedendo lugar a uma nova terra, com outras ruas, outras vielas e sobretudo outras pessoas com quem ele passa a conviver com a intimidade de quem tem sua realidade garantida por aquele mundo. Assim, ele próprio vai-se tornando um outro que agora é quem habita a terra que de tão inventada passa ser a sua verdadeira e com uma identidade que por isso mesmo é a de um outro e não mais de um eu que nem memória acaba deixando. Um dia passa pela ilha um navio e não encontra mais o marinheiro. Este teria regressado à sua terra. Mas a qual delas? A este ponto, as veladoras sentem um estremecimento, como se de repente, do fundo da história se revelasse o horror de suas existências. Afinal, quem são elas? Quem disse que elas existem de fato?

Fernando Pessoa aí joga as personagens num dilema abissal. Afinal quando começa a existência delas? Por que não seriam elas algumas das pessoas criadas pelo sonho daquele marinheiro? Qual a consistência sua e de seu mundo que outro pode não ser senão aquele criado pelo marinheiro? E aí que está a grande armadilha: diante do horror das veladoras frente à possibilidade de não existirem, sobra para nós, leitores incautos, enredados pela relação de existência que o texto nos confere, a mesma pergunta: quem somos nós, leitores ouvintes da estranha história? Quem pode afirmar que somos mais consistentemente verdadeiros do que as veladoras, do que o marinheiro, do que o seu sonho ou da Pátria para onde ele teria retornado?

Dificilmente um leitor assíduo do Pessoa não terá sido envolvido por essa cilada pessoana e não terá se formulado a questão fundamental que ela implica: qual o limite entre os diversos planos contemplados pelos poemas de Pessoa e os nossos, de pessoas supostamente externas a eles. Como se lembra, entre vários e nenhum, os seus famosos heterônimos incumbem regularmente de desarmar o leitor de uma possível lógica que o impeça de entrar, mesmo que de relance, na dúvida que emana do drama do marinheiro. Quem é o poeta: a veladora ou o marinheiro? Quem é o leitor, ela, ele, ou algum remoto habitante sonhado pelo marinheiro? Quem somos nós depois de ameaçados pelo horror de não existirmos mais do que criaturas de um demiurgo de ficção?

II. UMA DISCUSSÃO FUNDAMENTAL MAS NADA BÁSICA: PESSOA E A FUNÇÃO DEMIÚRGICA

Esta pequena introdução constitui o mote para este ensaio e que me é dado pelo próprio poeta reiteradamente em toda sua obra. Para glosar o mote vou partir das considerações que o poeta faz sobre Bernardo Soares, a última personagem a quem Fernando Pessoa atribui a autoria do *Livro do Desassossego* a partir de 1927.[1] Por que Bernardo Soares? A escolha não se deve tanto ao fato de que em suas páginas haja vestígios de todos os demais heterônimos, mas sobretudo por dois fatores bem pessoanos: o primeiro, diretamente ligado às explicações dadas pelo autor em sua famosa carta dirigida a Adolfo Casais Monteiro.[2] E o segundo, por conta da explícita defesa que este heterônimo faz da função demiúrgica que ele mesmo assume. Como diz o próprio autor, trata-se de alguém que não sendo eu não é diferente de mim em estado de semivigília.

Enquanto que os outros poetas criados por Pessoa resultam de um processo de outramento, daí que sejam heterônimos, Bernardo Soares é considerado pelo poeta como resultado de um outramento que se dá apenas parcialmente, daí que seja um semi--heterônimo. Fica evidente por que se vejam nele explicitamente características que são suas, traços biográficos semelhantes aos seus, mas com uma diferença fundamental: Bernardo Soares difere tanto do ortônimo quanto dos heterônimos porque sua fisionomia literária se dá em prosa, modalidade de linguagem que, segundo o poeta, dificulta outrar-se. Isto é, dificulta o

---

[1] PESSOA, Fernando. *Livro do desassossego / por Vicente Guedes e Bernardo Soares* (versão integral. Org. Teresa Sobral Cunha. Intr. Haquira Osakabe). Campinas: Editora da Unicamp, 1994. 2 v. As citações serão extraídas desta edição.
[2] PESSOA, Fernando. *Obra poética em um volume*, op. cit., pp. 753-756.

fingimento poético, e explica por que em Soares ficam fortes os elementos existenciais da figura do autor.

Mas, aí que reside a primeira etapa da grande armadilha: afinal o que é o autor senão aquilo que ele mesmo inventa? Quem é que Bernardo Soares glosa senão alguém que não tem existência enquanto mais um dentre aqueles que ele terá criado em sua vida? Nesse sentido falar-se de um ortônimo e heterônimos não passa de uma valise de fundo falso: no conjunto de seres criados por Pessoa cabe perfeitamente um Fernando Pessoa que não terá identidade mais real do que os demais heterônimos e cabe um Bernardo Soares que será semelhante a ele sem ser ele e assim por diante. O fundo da valise pode não revelar nada além dessa inquietante multiplicidade de irrealidades tão verdadeiras quanto nós o parecermos ver.

E, no entanto, projeta-se sobre Bernardo Soares uma espécie de sombra que às vezes recobre o seu rosto de forma quase perfeita, como se ali se desenhasse quase à perfeição seu maior êmulo: ajudante de guarda livros em um armazém da Baixa lisboeta, morador de um quarto anônimo e solitário. São traços biográficos que remetem a uma das facetas mais referidas por todos os seus biógrafos. Mas para além dessa similaridade, produto de um desdobramento mais realista de Pessoa, há algo em Bernardo Soares que põe em evidência o lado mais escandaloso da obra pessoana e que está enunciado no referido drama do marinheiro: seu viés demiúrgico e por detrás dele a profunda capacidade de deslocar a tudo e a todos para um grande e potencial abismo.

Sobre essa faceta sua, Pessoa escreveu inúmeras páginas algumas delas definitivamente incorporadas nos seus esboços autocríticos. Relembremos algumas frases lapidares que delas extraímos: "sou um criador de mitos", "desde a infância tive tendência a criar companheiros para mim", "desdobrei-me", "tornei muitos" etc.

Evidentemente, esse expediente poético não foi criado por Pessoa e pode-se perceber que nisso Pessoa apenas assimilou um das questões filosóficas mais significativas de sua época: a natureza falsamente unitária do sujeito e a dissolução da noção de unidade e harmonia do Universo. A questão da heterogeneidade essencial do homem se impunha de tal forma que se desfaziam, como no caso dos decadentistas, a distinção entre natural e artificial ou entre verdadeiro e falso, entre realidade e fantasia. Lembremos aqui um Rimbaud, um Oscar Wilde, um Pirandello, ou, em Portugal, esse invulgar escritor que foi Sá-Carneiro. Mas há algo que assinala a particularidade de Pessoa na assimilação dessa tendência. É que ela se funda em princípios estéticos vigorosos, cuja combinatória resultante dificilmente poderia deixar de desembocar no estonteante conjunto poético denominado "heteronímia". Embora Pessoa considere-se paulatinamente livre de tais princípios, sou de opinião de que a sua obra inteira não foi senão decorrência estética do seu desdobramento. Falo, aqui, do interseccionismo e do sensacionismo, nomes que Pessoa dá a certos procedimentos de linguagem que, relativamente comuns na poesia finissecular e modernista, ganham com ele um estatuto que vai muito além de "recursos retóricos".

IIa. Das origens da função demiúrgica

Enfocada desse modo, a questão do múltiplo pessoano dificilmente pode ser considerada como resultado de um processo psicopatológico de multiplicação de personalidade, mas se afirma como um fenômeno tipicamente literário e como tal um fenômeno que envolve uma complicada manipulação de linguagem. No entanto, note-se que o período em que viveu o poeta foi, do ponto de vista do estudo da alma humana, riquíssimo. Basta lembrar os positivistas do século XIX, que estabeleciam relações precisas entre tipos físicos e tipos psicológicos, ou ainda o desenvolvimento experimental da psiquiatria, com a hipótese de um fundamento orgânico para os distúrbios da mente, ou então a contribuição decisiva de Freud na compreensão da "alma" humana, indo muito além das hipóteses mecanicistas e deterministas da época. Citem-se, também, o exemplo das obras de um Jung em direção complementar a de Freud ou de um Bergson harmonizando conquistas científicas aos avanços da filosofia. E não se esqueça da presença fortíssima do pensamento de um filósofo como Nietzsche, cujas reflexões inovadoras não devem ter passado despercebidas ao poeta.

Atento a esse contexto, Pessoa apresentou explicações distintas para o seu "caso", sendo que nenhuma delas representou uma interpretação convincente em que o próprio poeta tivesse acreditado cabalmente. A título de organização da discussão, pode-se pensar em pelo menos três agrupamentos distintos para explicações: a psiquiátrica, a mítica e a poético-filosófica.

IIb. Interpretações e autointerpretações

Para uma breve aproximação à primeira via de autoexplicação, é útil retomar a releitura que o poeta faz do filósofo finissecular Max Nordau, cujas ideias impressionaram vivamente o poeta no momento de sua leitura. Seu livro *Degeneration* tinha como objetivo explicar o que vinha a ser o homem que se vislumbrava nas últimas décadas do século XX.[3] Nordau crê estar em presença de alterações substanciais na espécie humana tal como se lhe mostra na Europa das últimas décadas do século XIX. Sua visão é perturbadora: quase tudo aquilo que o homem criara até então em relação a um ideal de perfeição física, moral e psicológica parecia estar ruindo. O fundamento dessa percepção de Nordau era ainda o positivismo científico, sendo seus mestres os hoje discutíveis Galton e Lombroso, aqueles mesmos que relacionavam taras e crimes a configurações cerebrais e tipos físicos.

[3] NORDAU, Max. *Degeneration*. Lincoln and London: University of Nebraska Press, 1993.

Nordau percebe que o novo homem carrega padrões que colocam em xeque virtudes tais como solidariedade, qualidades como racionalidade ou objetividade, ou requisitos físicos tais como equilíbrio corporal, harmonia de traços etc. Assim, em poucas palavras, o homem finissecular apresentava-se como egoísta, doentiamente subjetivo, moralmente sem limites e fisicamente deteriorado. Acrescentava-se a isso a forte dependência de sua inteligência a um universo fantasioso, recluso. Era do Degenerado, ou em termos de época, do Decadente. Fernando Pessoa reconheceu-se nesse padrão. Isso talvez explique porque dava abrigo em sua obra para traços escandalosos de sua personalidade poética ou pessoal. Frases como "Sejamos egoístas", "A fraternidade é sinônimo de espírito fraco", "O mundo é desigual e os homens devem ser tratados com desigualdade" — o ilustram.

A essa primeira explicação, ainda do ponto de vista psiquiátrico, Pessoa iria acrescentar uma outra visão, menos determinista, embora igualmente positivista. Pessoa se valeu nesse caso dos conhecimentos de uma outra linhagem da psiquiatria, aquela mesma que teria servido de trampolim para o grande salto freudiano. Num dado momento, ele se nomeou um caso de histeria e neurastenia que estaria na base não só de seus momentos mais extremados de depressão e euforia, mas também da criação de suas fantasias. Basta lembrar a comparação que ele faz entre os caracteres de suas personagens: a sobriedade de Caeiro, o amargor de Ricardo Reis, e a histeria de Álvaro de Campos.

João Gaspar Simões, crítico que lhe foi contemporâneo, tentou fazer uma aproximação entre o "caso pessoano" e a teoria freudiana (esta, muito incipiente ainda) sobretudo no ponto em que ela associa a configuração do inconsciente aos padrões advindos da experiência infantil.[4] Aliás, essa é a base da bela biografia que o grande crítico escreveu sobre Pessoa e que, apesar

---

[4] SIMÕES, João Gaspar. *Vida e obra de Fernando Pessoa. História de uma geração*. Amadora: Bertrand, 1971, 2. ed. revista.

de um tanto ultrapassada em seu instrumental analítico, se mostra até hoje uma imprescindível referência para os pesquisadores.

Pessoa contestou a análise do seu amigo, por uma razão que vale a pena ressaltar aqui: segundo ele, a sua obra não remetia necessariamente a questões de ordem biográfica, a não ser que se tratasse de uma biografia inventada, ressaltando na sua obra mais o seu caráter de criação fantasiosa do que a projeção de experiências individuais.

Nesse sentido, vale a pena retomar uma explanação que ele faz sobre procedimentos de criação na literatura, colocando-se como um autor dramático, mas sem ação. Ao contrário de um Shakespeare, cujas criaturas dependeriam totalmente do vigor e da natureza das ações que mobilizariam sua ação, Pessoa afirma não criar um drama em ação, mas sim, um drama em gente, onde o que dá sentido às personagens é sua composição interior, seu caráter e atavismos. É esse o ponto de vista que vai melhor satisfazer o poeta em matéria de explicação para o seu caso, como se verá mais adiante.

Uma outra ordem de explicação que Pessoa parece ter aceito mesmo que parcialmente seria a do Gênio, noção sobre a qual ele teria deixado várias anotações. Toda a atenção do poeta nesse caso estaria em explicar o papel que determinadas individualidades cumpririam na história humana. No seu caso mais particular o Gênio estaria identificado como um "espírito" que a Raça faria vir à luz para cumprir-se no contexto universal. É nesse sentido que ele se qualifica como criador de mitos poderosos a fazer frente à própria história portuguesa. Essa perspectiva tem um viés nacionalista bem claro, mas não só, como se verá a seguir. Por volta de 1912, ano de criação de *O Marinheiro*, Pessoa escreve dois artigos a respeito do sentido da literatura portuguesa, seu lugar na história de Portugal e do mundo.

Para Pessoa, a literatura portuguesa de sua época estaria grávida de divino, prenunciando uma nova Era. Adepto de uma visão milenarista, Pessoa crê estar próximo o período da história em que Portugal terá ultrapassado seu momento de declínio e ressurgirá gloriosamente para a redenção dos seus homens e da humanidade. Esse momento fica prenunciado pela chegada próxima de um Supra-Camões e da encarnação oportuna do Rei Morto, Dom Sebastião. Quem seria o novo grande poeta da Raça senão aquele que ele mesmo encarnaria? Quem seria a nova personificação de Dom Sebastião se não aquele cujos sinais envolveriam sua própria pessoa?

A questão do envolvimento do eu pessoano com essa "pessoa" mítica revela-se não só na profunda identificação do autor com o profeta que o anuncia na figura do rei morto, mas também com o próprio Rei. Em manuscritos em que ensaiava calcular possíveis datas do nascimento do Rei, consta o ano de 1888, não por acaso, o ano de seu nascimento. O que significa dizer, reduzindo um pouco esta discussão: Pessoa não é só a si mesmo, é também um Dom Sebastião, restituído à história, como seu redentor, e um novo Camões a anunciar a chegada de uma nova era.

Mas, contrário a uma visão psicológica de projeção e multiplicação de personalidades compensadoras, o que Pessoa fez foi construir em toda a sua obra, uma pequena multidão de outras pessoas que foram ganhando individualidade, consistência e, sobretudo, um discurso próprio inconfundível, e exercendo com a variedade de eus poéticos um papel grandioso que só uma grande literatura pode exercer. Em outros termos, Pessoa não é só o Gênio que vaticina, mas o Gênio que cria para que o vaticínio se cumpra.

Mas a essa última alternativa pode-se acrescentar a poético--filosófica, que guarda muitos traços similares à anterior. Embora a realidade textual, ou produção poética dos seres criados já indiquem a que vieram, Pessoa ensaiou inúmeras vezes uma explicação que desse consistência filosófica a eles. É o próprio poeta quem o justifica ao dizer-se movido por inquietações filosóficas e não o contrário. E é essa identidade que melhor justifica seu processo criador e o universo de sua criação.

A rigor, Pessoa se coloca como um homem de sensibilidade fora de seu tempo: não se conforma com aquilo que chamou de decadência civilizatória, um processo que teria se iniciado com o cruzamento do judaísmo e do cristianismo, indo no sentido contrário dos ideais do paganismo grego. Daí para diante, a história da humanidade foi determinada por conteúdos que teriam alterado o sentido vigorosamente humano que os gregos, da era clássica, haviam imprimido no universo humano.

Veja-se como teria funcionado esse processo: em primeiro lugar, a grande matriz do conhecimento humano seria a própria natureza, no seu estado mais virgem possível, isto é, não tendo seus elementos nenhum outro significado que não a si mesmos. Em segundo lugar, nada há além da heterogeneidade e materialidade do mundo. A presença de um Deus único e transcendente constituiria uma invenção antinatureza. Os deuses, estes sim, teriam sua vida diversificada segundo os desejos humanos. Daí eles existirem.

Mas, para aquém deles, o mundo só seria composto de seus próprios componentes: mares, rios, terras, montes, árvores, flores, frutos, etc. Tudo seria de uma objetividade palpável ou melhor reconhecível através dos sentidos. São estes que nos ditam as formas, as cores, os cheiros, enfim, tudo aquilo que conforma os objetos, não dando margem a que as coisas nunca valham além daquilo que são. Pessoa atribui essa objetividade aos gregos, salientando que sua arte, sobretudo a escultura, era um exemplo de objetividade, equilíbrio e senso de limites.

Ora, Pessoa vê que o século XIX constitui uma espécie de anticlímax da história humana. O homem típico desse século seria doentiamente subjetivo, ansioso de transcendência, antimaterialista, sentimental, de caráter morno e moralmente concessivo. Percebe-se ao fundo desse quadro o papel determinante do Cristianismo que, segundo Pessoa, teria gerado um homem tíbio, caridoso, fraternal e pouco vigoroso. Para afirmar a humanidade nesse contexto, Pessoa fala da necessidade de se construir uma nova sensibilidade que retomasse o espírito do antigo paganismo. Neopaganismo seria o nome dessa nova sensibilidade.

É desse modo que Pessoa explica o papel decisivo que Alberto Caeiro terá sobre todos os outros heterônimos, justamente porque ele "vem" como o mestre de todos, trazendo a grande mensagem de sabedoria para um mundo sem sofrimentos. Todos os demais heterônimos perfilam-se como seus discípulos e é segundo essa perspectiva que a questão será retomada mais abaixo. No entanto, é fundamental que o leitor entenda que todo o quadro de discussão que implica essa visão poético-filosófica tem como base o próprio exercício da linguagem onde determinados procedimentos parecem presidir a constituição dos múltiplos que darão origem ao mundo heteronímico.

Os procedimentos podem ser agrupados em duas vertentes estéticas denominadas por Pessoa, Interseccionismo e Sensacionismo.

III. VERTENTES ESTÉTICAS

IIIa. O SENSACIONISMO

É a base estética do Neopaganismo tal como foi explicado acima. Tem como ponto de apoio uma concepção curiosa da realidade humana: a felicidade do mundo está na conformação da inteligência à materialidade das coisas, da natureza e do próprio homem. Saudável é aquele que se cola ao modelo da natureza, incorpora suas leis e deixa-se fluir como o rio sobre as pedras. Ou aquele que não se dispersa em questões ou sentimentos que transcendem o plano da natureza.

Como foi dito antes, Caeiro é o grande porta voz dessa tendência, o mais puro representante do Neopaganismo. Antônio Mora, heterônimo filósofo, é o grande companheiro de Caeiro nessa batalha para a reconquista da Felicidade e pelo retorno de uma sensibilidade que o homem foi perdendo durante os séculos. São deles os fragmentos que seguem:

a.
> *Creio no mundo como num malmequer,*
> *Porque o vejo. Mas não penso nele*
> *Porque pensar é não compreender...*
> *O Mundo não se fez para pensarmos nele*
> *(Pensar é estar doente dos olhos)*
> *Mas para olharmos para ele e estarmos de acordo...* (pp. 204-205)

b.
> *Se quiserem que eu tenha um misticismo, está bem, tenho-o.*
> *Sou místico, mas só com o corpo.*
> *A minha alma é simples e não pensa.* (p. 220)

Uma breve leitura desses fragmentos permite ao leitor aperceber-se de que o segredo da poesia de Caeiro é não ter segredo algum. Os poemas fluem quase como se fossem uma prosa livre, sem linguagem figurada, sem adornos, sem sofismas. É a manifestação mais pura e adequada de uma poesia feita apenas de um fluxo verbal, cujo valor poético reside num processo de descompromisso com os sentimentos e com o mistério e na afirmação de uma transparência notável. No entanto, essa fluência (essa espécie de "à vontade") é por vezes repreendida pelo rigoroso Ricardo Reis que diz:

> ... *Sei bem que essa forma tem um ritmo próprio, que nem se confunde com o ritmo dos versos livres de Whitman, nem com o dos versos livres dos franceses modernos. Esse ritmo, porém, nasce, na verdade de uma incompetência de colocar o pensamento dentro de moldes estáveis; facilita demasiado, para que o possamos contar como valor...*[1]

IIIB. O INTERSECCIONISMO

Muitos são os críticos que relacionam esse procedimento principalmente com aquilo que a vanguarda denominou sobretudo em artes plásticas Cubismo. A figuração tem como fundamento a estruturação formal de um cubo tal como o projeta a geometria: cada face refrata a sua oposta e o conjunto delas conduz o observador a admitir que não existe na figura, assim disposta, uma matriz original, mas sim, que todos as matrizes são ao mesmo tempo originais e resultados de projeções infinitas e perspectivas infinitas.

Assim, um objeto formulado de um só plano não seria senão a ilusão ou redução desse mesmo objeto a uma só superfície, o que

---

[1] PESSOA, Fernando. "Três defeitos da obra de Caeiro". "Alberto Caeiro visto por Álvaro de Campos e Ricardo Reis". *Obras em prosa em um volume* (org. intr. e notas de Cleonice Berardinelli). Rio de Janeiro: Companhia José Aguilar Editora, 1974, p. 121. Indicam-se daqui para diante entre parênteses as páginas dos excertos pertencentes a esta edição.

se revela rigorosamente ilusório. A transparência nesse sentido constituiria o grande recurso para superar-se essa limitação.

Isso, o Cubismo. O interseccionismo proposto por Pessoa não vem a ser a simples tradução dessa estética para a poesia, já que a natureza de sua matéria exigiria procedimentos particulares para cumprir exigências similares ao Cubismo. Digamos que se trata mais de um processo analógico ao da transparência, mas de resultados surpreendentes do ponto de vista de suas implicações criativas. Um longo poema é citado normalmente com exemplo típico do interseccionismo: "Chuva Oblíqua", obra cuja autoria oscilou de início em ser de Álvaro de Campos e do ortônimo, e que é composta de seis partes, cada uma delas guardando uma razoável autonomia, mas intersectando-se com as demais por conta de um mesmo procedimento poético que resulta em produtos surpreendentemente distintos. Trata-se de um grande exercício de criação ao mesmo tempo de uma construção monumental como raros poemas experimentais ensejaram em língua portuguesa.

Na impossibilidade de uma análise pormenorizada de todo o texto, serão comentados indicativamente os poemas de numeros I e III. Do primeiro será comentado o início apenas para uma compreensão fundamental do procedimento, e o segundo será oferecido ao exame do leitor como um exemplo antológico das implicações ficcionais da prática poética em questão.

> *Atravessa esta paisagem o meu sonho dum porto infinito*
> *E a cor das flores é transparente de as velas de grandes navios*
> *Que largam do cais arrastando nas águas por sombra*
> *Os vultos ao sol daquelas árvores antigas...*
>
> *O porto que sonho é sombrio e pálido*
> *E esta paisagem é cheia de sol deste lado...*
> *Mas ao meu espírito o sol deste dia é porto sombrio*
> *E os navios que saem do porto são estas árvores ao sol...*
> .... (p. 113)

Este início de poema se apoia numa ambiguidade de função sintática; "paisagem" e "sonho" ocupam reversivelmente a posição de sujeito e objeto do verbo atravessar: é o sonho que atravessa a paisagem ou a paisagem que atravessa o sonho? Tem-se início aí o princípio da superposição e intersecção entre os dois planos. De qualquer forma, apenas o primeiro verso já sintetiza com maestria o procedimento pelo qual dois termos semanticamente distintos com funções sintáticas distintas podem se recobrir dinamicamente por conta do processo, no caso, expresso pelo verbo "atravessar" (aliás, num uso particularmente raro já que se atribui aí essa impressão de movimento físico a dois elementos estáticos). Isto, como se dois elementos distintos pudessem amalgamar-se de tal forma que um penetrasse no outro sem destruí-lo. No segundo verso, aparece a palavra chave do procedimento: "transparente" que superpõe ao elemento precedente ("porto do meu sonho") um significado muito mais pertinente ao outro elemento ("paisagem"), como se a cor das flores (desta paisagem) deixasse transparecer as velas de grandes navios. Ou, do contrário, pensar que as velas de grandes navios transparecem a cor das flores desta paisagem.

O leitor aí já pode sentir-se dentro de um universo de transparências que se inicia com a superposição daqueles dois elementos complementares iniciais. A estrofe vai projetar em seguida novas imagens dentro de uma relação que confere à superposição um movimento estonteante. Novamente se conjugam os elementos "porto" (as velas dos grandes navios) com a "paisagem" (os vultos ao sol daquelas árvores antigas). Das superposições iniciais, "paisagem/porto" e a "cor das flores/as velas", prossegue o mesmo movimento ("atravessar") agora tendo como sujeito os grandes navios que largam do cais..., mas que carregam neste arrastar elementos que pertencem não ao porto, mas à paisagem.

"Os grandes navios arrastam a paisagem" ("os vultos daquelas árvores antigas"). A contraposição que se desenha nos dois primeiros versos da segunda estrofe (porto sombrio/paisagem de sol) desmonta-se pelas superposições seguintes: "o sol é porto sombrio e os navios são estas árvores ao sol...". O poema chega aí a uma espécie de supremo embaralhamento de imagens, similar à experiência a que as artes visuais de vanguarda a partir de então convocam o seu público.

Sob a aparência inicial de uma construção anárquica, o que se vê é um esquema rigoroso, quase geométrico de imagens superpostas, mas que deixam intactas sempre as imagens "subpostas". Como se fosse um conjunto sabiamente construído de transparências que além de tudo movimentasse.

Há algo nesse processo que aproxima o leitor de hoje da experiência que o cinema, mais do que a pintura ou a fotografia, propicia aos expectadores. No entanto, a aventura interseccionista gerou mais do que esse experimentalismo visual. É o que se vê na estrofe final quando o sujeito que "contempla" essa visão fluida e transparente inclui-se dentro dela, tornando-se ele próprio transparente para o seu sonho de porto e para a paisagem que vê:

> ....
> *E vejo no fundo, como uma estampa enorme que lá estivesse desdobrada,*
> *Esta paisagem toda, renque de árvores, estrada a arder em aquele porto,*
> *E a sombra duma nau mais antiga que o porto de passagem*
> *Entre o meu sonho do porto e o meu ver esta paisagem*
> *E chega a pé de mim, e entra por mim dentro,*
> *E passa para o outro lado da minha alma...* (p. 114)

Guarde-se bem aqui que a relação entre os planos do texto vai desdobrando-se em outras intersecções que acabam por arrastar, para dentro das transparências, o sujeito (o eu do poema), que, transparente de si, deixa-se vazar pelos elementos do sonho (do porto) e da paisagem, tornando-se paisagem, sonho do porto, eu e outro ao mesmo tempo. O que era externo passa a assimilar para dentro de si o sujeito que vê, juntamente com o que vê e o sujeito que sonha juntamente com o sonho.

O poema número III desse conjunto é um magistral exemplo de onde pode chegar esse procedimento e constitui um prenúncio de toda a poética que fundará a obra pessoana:

Grande Esfinge do Egito sonha por este papel dentro...
Escrevo - e ela aparece-me através da minha mão transparente
E ao canto do papel erguem-se as pirâmides...

Escrevo - perturbo-me de ver o bico da pena
Ser o perfil do rei Quéops...
De repente paro...
Escureceu tudo...Caio por um abismo feito de tempo...

Estou soterrado sob as pirâmides a escrever à luz clara deste candeeiro
E todo o Egito me esmaga através dos traços que faço com a pena...

Ouço a esfinge rir por dentro
O som da minha pena a correr no papel...
Atravessa o eu não poder vê-la uma mão enorme,
Varre tudo para o canto de teto que fica por de trás de mim,
E sobre o papel onde escrevo, entre ele e a pena que escreve
Jaz o cadáver do rei Quéops, olhando-me com olhos muito abertos,
E entre os nossos olhares que se cruzam corre o Nilo
E uma alegria de barcos embandeirados erra
Numa diagonal difusa
Entre mim e o que eu penso...

Funerais do rei Quéops em ouro velho e Mim!... (pp. 114-115)

Note-se que o poema quase que se inicia com uma referência ao ato da escrita: "Escrevo". Diante do sujeito está a folha de papel em que se desenha ou se projeta a grande esfinge que aparece sob a mão que escreve e é transparente. Ao lado dela desenha-se o vulto das pirâmides. O poeta escreve e sob sua escrita se desenha o vulto da Grande Esfinge. Mas eis que o bico da pena com que o poeta escreve vai se configurando no nariz do rei Quéops, e o próprio sujeito da escrita (o poeta) se vê atraído ou absorvido pelo interior das pirâmides, mas continuamente escrevendo o que supostamente está vivenciando apenas pelo seu ato de escrever: o Egito soterrando-o, a Esfinge rindo por dentro, enquanto a pena percorre o papel... E impossibilitado de ver, uma mão arrasta com tudo, até que, entre o papel em que se escreve e a própria pena, se mostra o corpo do rei Quéops em funeral diante dos próprios olhos. Quem afinal é o sujeito: o eu que escreve ou o rei Quéops que acaba de ser escrito? O que é real, o interior da tumba do rei ou o quarto onde o poeta escreve "à luz deste candeeiro"? É no que resulta o final do poema quando o rei sonhado morto e o sujeito (e o que ele pensa) justapõem-se e ocupam posições reversíveis.

Reside aí, nessa complexa e ao mesmo tempo simples manipulação de significantes, o jogo de equiparações e multiplicações de identidades, de forma a confundir criador e criatura, não definíveis como um eu ou como um outro, mas como uma simbiose estranha que estabelecendo o amálgama, montam o uno e mantém intactos os elementos diferenciadores.

IIIc. A conjunção poética

Não há dúvida de que ambas essas alternativas poéticas podem ser a um mesmo tempo complementares e opostas. Opostas pois enquanto para o Sensacionismo uma coisa é só ela mesma, para o Interseccionismo uma coisa é a si mesma e a outra ao mesmo tempo, mas sempre numa relação que implica movimento, transformação, dinamismo vital, um mundo em movimento que sai de si e fica em si ao mesmo tempo.

No entanto, ambas as visões são complementares, justamente porque ambas se pautam naquilo que lhes dizem dois planos do mesmo sentido. Basta que se veja uma flor pelo seu lado contrário para que a nova flor ao mesmo tempo confirme e desminta a flor que inicialmente se havia visto e descrito. Com o desenrolar do tempo, Pessoa parece ter abandonado o interseccionismo em benefício do sensacionismo, como se verá mais adiante. E, num tempo mais tardio, ele teria abandonado o sensacionismo para assumir quase que em definitivo uma poesia de forte pendor metafísico e até místico. Uma das facetas mais conhecidas de Pessoa se firma nessa última tendência. No entanto, será falso afirmar que o poeta "progride" de uma fase a outra. Homem de sínteses, e não de exclusões, Pessoa parece ter dado àquelas bases uma direção muito mais rica e autoexplicativa.

Do aparente paradoxo que constitui a surpreendente combinatória daquelas duas primeiras atitudes poéticas não se chega a uma terceira, harmonizadora, mas sim, a uma terceira, quarta ou quinta sempre problemática e desordenadora, já que um dos traços mais evidentes do poeta é a capacidade de superpor negação e afirmação de elementos díspares e ou similares. Por enquanto, proponho ao leitor que tente desvendar a espécie de teoria que subjaz o poema que segue e que é citado pela crítica como uma das reflexões mais decisivas do poeta.

Ela canta, pobre ceifeira,
Julgando-se feliz talvez;
Canta e ceifa, e a sua voz, cheia
De alegre e anônima viuvez,
Ondula como um canto de ave
No ar limpo como um limiar,
E há curvas no enredo suave
Do som que ela tem a cantar.

Ouvi-la alegra e entristece,
Na sua voz há o campo e a lida,
E canta como se tivesse
Mais razões p'ra cantar que a vida.

Ah! Canta, canta sem razão!
O que em mim sente 'stá pensando
Derrama no meu coração
A tua incerta voz ondeando!

Ah, poder ser tudo, sendo eu!
Ter a tua alegre inconsciência,
E a consciência disso! Ó céu!
Ó campo! Ó canção! A ciência

Pesa tanto e a vida é tão breve!
Entrai por mim dentro! Tornai
Minha alma a vossa sombra leve!
Depois, levando-me, passai. (p. 144)

A ceifeira canta o seu canto como se tivesse razões maiores que a vida para cantar, sendo que vida se define como "sem razão". No entanto, o campo e a lida, a paisagem, evocados ao fim, integram um universo que confere ao canto uma materialidade que basta em si como razões de vida. Aqui o fenômeno da música ou do canto incorpora a natureza numa voz que é humana e que, portanto, é natureza também.

E esse ponto é de capital importância: o sujeito pede que o canto, entrando por ele dentro, faça da própria alma a sombra do canto, transmutando-o. Tentando glosar: o sujeito até então mero ouvinte pede ao canto que, ao penetrar nele, transforme a sua alma numa sombra do próprio canto. Logo, o sujeito acaba querendo transmutar-se ele próprio, não no canto da ceifeira, mas na sombra dele, integrando-se no grande quadro que, como o próprio canto, vai se esvaindo.

Prevalece aqui o princípio da sobreposição e da intersecção entre contrários. Mas o segundo opera com o desdobramento necessário de toda a realidade, um desdobramento de si num outro, que não deixa de ser a si mesmo: "poder ser tu, sendo eu". Esse processo resume-se para o poeta no verso: "o que em mim sente 'stá pensando".

Mas, atenção! Não se trata simplesmente de uma simultaneidade entre dois processos cognitivos: sentir e pensar. Há uma combinatória que resulta de um desdobramento no sujeito entre ele mesmo e o que nele sente e o que nele pensa. Quem sente não é o sujeito, mas algo nele. E quem pensa não é o sujeito, mas aquilo que nele sente. Como se, excluído do processo da criação, ele mesmo fosse objeto dessa operação, e acabasse por sentir a sua alma como a sombra leve do canto da ceifeira.

Trata-se de um sujeito que é ao mesmo tempo o reverso (objeto) de si mesmo. O poema, além do fundo interseccionista, logra fundir um procedimento do próprio sensacionismo que plasma a figura e o canto da ceifeira no quadro de uma impossível objetividade que corresponderia a uma vida alegre, no enredo suave do som que ela tem a cantar e que seria o resumo da própria vida que a natureza desenha.

Estamos em pleno núcleo criativo de Pessoa que consiste nessa espécie de constituição de múltiplos de si e "não-si", resultados de um intrincado jogo de linguagem. Para o bom entendimento disso, devem-se lembrar aqui as considerações precedentemente feitas em torno daquelas duas grandes matrizes estéticas da poética pessoana: o interseccionismo e o sensacionismo. O que deve ser retido daquelas considerações é o fato de que a criação pessoana implica um profundo exercício de linguagem, resultado da combinatória de processos dinâmicos de superposição, cujo significado fica delimitado pelo trabalho dos sentidos e jamais pela intuição ou sentimento. Recordando, o canto da ceifeira é tão pleno que introduz no seu modular o campo, o céu, a ceifeira e o próprio sujeito do poema, no final definido como sombra do canto.

O poema III de "Chuva Oblíqua" mostra exatamente isso: a mão e a pena sobre o papel, a imagem da esfinge que desenha sobre este, o mergulho para o interior da tumba, a contemplação do faraó, a indistinção entre o sujeito que escreve e o faraó cuja imagem brotou em algum momento de sob a mão e o papel. Em outros termos, a radicalização do princípio interseccionista pelo seu quase oposto resulta nessa espécie de desdobramentos quase infinitos de sujeitos, ao mesmo tempo em que transforma o próprio sujeito num outro de si mesmo. Nada metafísico ou espiritual: a linguagem assim manipulada ao produzir o efeito da multiplicidade superposta, acaba por conferir autonomia às figuras que as sensações descobrem. Nesse sentido, a aparição dos heterônimos não significa de modo algum qualquer fenômeno paranormal, mas, sim, a constituição poética de um universo muito coeso e justificado.

Encerrando esta parte, lembro o leitor da história central de *O Marinheiro*, referida páginas atrás: tudo não passaria de uma estória para passar o tempo, não fosse o horror que assombra as veladoras após a narrativa daquela aventura. Fica mais fácil, após as considerações feitas, entender-se que tal horror se dá justamente quando a veladora que conta a história "pressente" que pode estar incluída na própria aventura do marinheiro. A personagem se vê dentro dela, não apenas coexistindo com ele, mas, aqui está o ponto, existindo por obra dele. O expediente é notável: Pessoa cria as veladoras e uma delas "cria" o marinheiro que cria um mundo de gentes, onde pode estar criada uma das veladoras que foram criadas por Pessoa. A intersecção genial é essa que sobrepõe ao marinheiro criador de mundos ao Pessoa, criador de mundos. E mais genial ainda é essa intersecção que projeta o leitor da estória na figura de quem pode não ter mais existência que as próprias veladoras.

E esta parte não ficaria completa se não se retornasse nesse ponto ao Bernardo Soares, aquele semi-heterônimo que assume com mais clareza a relevância da função demiúrgica na construção da obra pessoana. Tem ele uma vidinha prosaica. Morador da Baixa lisboeta, trabalha num armazém da Rua dos Douradores, região anódina, com frequentadores anódinos. Tem como patrão o Vasques e, como companheiros, seus colegas de escritório. É o menos solitário dos parceiros de Pessoa. Tal como o Esteves, personagem do famoso poema de Álvaro de Campos, seus companheiros de mundo "não têm nenhuma carga metafísica", plasmados que são na mediocridade do dia a dia. Soares seria uma personagem sem graça com companheiros sem graça e vivendo num lugar sem graça. E é justamente desse contexto tão sem relevo que brotam as reflexões notáveis sobre a grande função criadora de Pessoa. Veja-se esse trecho:

Monotonizar a existência, para que ela não seja monótona. Tornar anódino o quotidiano para que a mais pequena coisa seja uma distracção. No meio do meu trabalho de todos os dias, baço, igual e inútil, surgem-me visões de fuga, vestígios sonhados de ilhas longínquas, festas em áleas de parques, de outras eras, outras paisagens, outros sentimentos, outro eu... Mais vale na verdade o patrão Vasques que os Reis do Sonho; mais vale, na verdade, o escritório da Rua dos Douradores do que as grandes áleas de parques impossíveis... Tendo o patrão Vasques, posso gozar o sonho dos Reis do Sonho; tendo o escritório das Rua dos Douradores, passo gozar a visão interior das paisagens que não existem. Mas se tivesse os Reis do Sonho, que me ficaria para sonhar? (p. 109)

Ou ainda:

Passo numa rua. De uma padaria sai um cheiro a pão que nauseia por doce no cheiro dele: e a minha infância ergue-se de determinado bairro distante, e outra padaria me surge daquele reino das fadas que é tudo que se nos morreu. Passo numa rua. Cheira de repente às frutas do tabuleiro inclinado na loja estreita; e minha breve vida no campo, não sei já quando nem onde, tem árvores ao fim e sossego meu coração, indiscutivelmente menino. Passo numa rua. *Transtorna-me, sem que eu espere, um cheiro* aos caixotes do *caixoteiro: ó meu Cesário, apareces- -me e eu sou enfim feliz porque regressei, pela recordação, à única verdade que é a literatura.* (p. 177)

Dizendo-se inúmeras vezes discípulo de Caeiro, Bernardo Soares vai mais longe do que o mestre e do que os demais heterônimos nessa arte de constituição de mundos. Imita e glorifica a função demiúrgica, mas sem contorná-la de áureas míticas ou metafísicas. Imita simplesmente o universo que o cerca por ver nele a mesma grandeza que Caeiro veria no homem comum do campo. Mas, como se pode ler nos trechos citados, o universo de Soares é declaradamente rebaixado. O que nele se realça é que, do seu ponto de vista, há grandeza na mediocridade dos negócios e da burocracia mercantil, no cheiro acre das ruas do comércio que, por paradoxal que sejam, remetem por sua própria materialidade à grandeza de uma literatura só atingida pelos mestres como Caeiro e Cesário Verde.

IV. FICÇÕES DO INTERLÚDIO
UM PROJETO SALVÍFICO

Ficções do Interlúdio é o nome que Pessoa daria ao conjunto de composições do trio de heterônimos já conhecido do leitor (Caeiro, Reis e Álvaro de Campos). O leitor estranhará o subtítulo desta parte, pois já deve ter se habituado a ligar a obra de Pessoa a atitudes corrosivas, a processos contraditórios, nada construtivos enfim. É o traço talvez mais conhecido do poeta, resumível em qualificações como "demolidor de verdades", "cético", "pessimista" e outras tantas. Não dá para contestar a verdade relativa dessas adjetivações, mas é preciso situá-las levando-se em conta a obra toda do poeta e sobretudo a relação que ele teve com os grandes problemas de sua época. Tanto assim que o seu lado mais corrosivo vai aparecer com mais força em anos posteriores a 1915.

Até por volta de 1917, pode-se dizer, Pessoa construiu de modo coeso a parte mais conhecida de sua obra. Durante o período que inclui substancialmente o ano de 1914, parece que o Poeta debruçou-se não só na constituição da poética que o lançaria definitivamente ao patamar dos grandes poetas do mundo, mas também em tentar definir aí toda a interpretação de mundo que embasaria tal poética.

Pede-se agora ao leitor que leve em conta as considerações feitas páginas atrás em que se tratou do sensacionismo e que serão retomadas aqui. Há inúmeros escritos que o poeta deixou sem publicar, tanto em nome do ortônimo, de Ricardo Reis, de Antônio Mora, de Álvaro de Campos e de Alberto Caeiro em que se enunciam as bases do que o poeta denominou neopaganismo. Traduzindo, seria uma nova forma de paganismo, tipo de sensibilidade que remete aos gregos do período clássico em suas manifestações filosóficas e estéticas.

Como se disse páginas atrás, a humanidade teria chegado, segundo Pessoa, a um estado lamentável de declínio moral, religioso, filosófico. Declínio moral, porque o homem teria perdido a força dos julgamentos críticos, o senso da hierarquia e teria adotado atitudes complacentes, sem vigor. Nessa formulação há de fato uma crítica a um certo fraternalismo cristão que teria afrouxado o caráter humano. Declínio religioso, pois que, por influência de uma nefasta conjugação do judaísmo e do cristianismo, a humanidade assumiu uma religiosidade de fundo metafísico que a levou a fixar sua atenção para um universo teleológico, deixando de lado as instâncias mais imediatas de sua existência, como a vida natural, a verdade das coisas e da matéria.

Perdido nesse intuito, o homem teria perdido sua dimensão terrena e teria deixado de fruir aquilo que mais lhe concerneria: a materialidade de sua existência, sua vida na natureza, o gosto que esta lhe impõe e sobretudo os padrões morais que a natureza oferece ao homem. Declínio filosófico, porque, contrariando uma tendência de séculos na história do pensamento ocidental, esse Pessoa é adepto de uma filosofia sem metafísica. Essas ideias do poeta demonstram que, pelo menos num primeiro momento de sua atuação, incomodado pelas injunções finisseculares, a visão que ele tem do mundo não é nada feliz. Ao contrário, seus poemas pré-1914 denunciam uma impressionante imersão na grande temática da época, a dor humana, da qual seu contemporâneo Camilo Pessanha terá sido o grande intérprete em Portugal. Leia-se para exemplificar o seguinte poema:

> *Que morta esta hora!*
> *Que alma minha chora*
> *Tão perdida e alheia?...*
> *Mar batendo na areia,*
> *Para quê? Para quê?*
> *Pr'a ser o que se vê*
> *Na alva areia batendo?*

Só isso? Não há
Lâmpada de haver —
— Um — sentido ardendo
Dentro da hora — já
Espuma de morrer? (p. 108)

Claramente inscrito num universo que convida a diluição da vida na depressão, o poema acaba por ser uma espécie de convocação para o beco sem saída, obscuro e vago, onde a humanidade se despoja de seu próprio significado. Por razões que aparecem em poemas como este, o poeta parece ter-se proposto uma saída salvadora para si e para a humanidade. Conjugando essa saída a uma tendência atávica da criação de pares e de mundos de que já se tratou acima, nasce como primeiro resultado dessa inquietação o conjunto coeso dos heterônimos: Caeiro, Campos e Reis. Pessoa teria pensado em denominar, como já se disse, o conjunto de poemas desse três heterônimos como *Ficções do interlúdio*, livro que só conteria as obras de heterônimos acabados. Em outros termos, de heterônimos que teriam uma feição outra que se confundisse com quaisquer traços do autor. Por essa razão estaria de fora, por exemplo, Bernardo Soares, este, na verdade, muito parecido consigo.

O que Pessoa deixou publicado de sua famosa heteronímia foi muito pouco; e quase nula, na sua época, foi a importância esclarecedora dos fragmentos teóricos em que tentou formular as bases dessa sua criação. É que, plural em tudo, já em 1915, Pessoa seria atraído por uma perspectiva de crença, quase que literalmente oposta ao projeto da heteronímia. A esse assunto retornar-se-á no item seguinte.

Retomando o propósito que engloba as *Ficções do Interlúdio*, a multiplicidade de "conviventes" se justifica, já que nenhum deles chega a esgotar as questões substanciais envolvidas pelo neopaganismo e, sobretudo, porque eles testemunham as oscilações que o homem teria diante de uma filosofia moral tão rigorosa quanto aquela proposta pelo Mestre Caeiro.

IVa. Alberto Caeiro

Fernando Pessoa fala na sua célebre carta a Casais Monteiro que no dia 8 de março 1914, como numa epifania, escreveu de uma só vez os poemas que comporiam a parte substancial e programática de *O Guardador de Rebanhos*. Fala ainda da aparição subsequente do rebelde Álvaro de Campos e do poeta helenista Ricardo Reis. Fala ainda do impacto que teria tido sobre "ele mesmo" (?) a poesia de Caeiro. Enfim, em pouquíssimo tempo, segundo suas palavras, estava formada a base de sua criação mais conhecida.

Vários críticos consideram as informações contidas nesse documento como uma espécie de autoficção, uma maneira de forjar, mesmo que *a posteriori*, uma origem mais escandalosamente fantasiosa do que devera terá sido. Verdade ou mentira, nesse sentido, são critérios que dificilmente se aplicam aos pronunciamentos poéticos ou simplesmente biográficos de Pessoa. Por ora, fica-se aqui com as informações dadas por ele a respeito do papel regenerador que se descobre nos poemas de Alberto Caeiro, matriz da existência de "pessoas" tão díspares como são os outros heterônimos, assinalando-se aqui que um diálogo intenso se criou entre eles, tanto na poesia quanto nos comentários em prosa tal como se vai indicar a seguir.

A rigor, a maestria de Caeiro deve-se a dois componentes que se harmonizam perfeitamente na sua obra: a reflexão direta sobre o mundo e a configuração extremamente despojada de sua linguagem. O segredo desses dois componentes pode estar ligado a um elemento de base de sua biografia: Caeiro é um homem rural a quem é estranha qualquer alusão a conteúdos complicados advindos da Razão, do Sentimentalismo ou da Mística.

Nasceu ele no ano de 1889 e teria falecido em 1915, portanto, um ano depois do seu aparecimento literário. No entanto, mesmo "postumamente", sua produção poética manifestou-se ainda através de dois subconjuntos de textos: *O pastor amoroso* e *Poemas inconjuntos*. Sua matriz é a natureza, mas entendida pelo modo com que é captada através das sensações, capacidade de conhecimento que nasce da destituição proposta dos conteúdos complicados tais como explicitados acima.

O que é que captam as sensações? Elas captam as coisas no que as coisas são: forma, cores, vitalidade. E o que ensinam as sensações? Que nada há que extrapole as coisas como elas são. Tudo é aparentemente didático, mas o exercício dessa atitude requer um processo de "reeducação" do homem que está longe de ser facilmente executado: aprender as sensações implica desaprender os delírios da Razão, do Sentimentalismo e da Mística. Isto significa: desaprender todos os conhecimentos viciados ou estereotipados que foram se acumulando na história da Humanidade.

Um homem das cidades que prega pela justiça, contra a fome e que por isso ama e odeia e sente compaixão, por exemplo, está muito longe daquilo que para Caeiro é verdadeiramente digno de emoção. Contrariando os sentimentos de piedade, generosidade, Caeiro formula num de seus poemas um vigoroso libelo anti--humanista que até hoje beira ao escândalo:

> Ontem à tarde um homem das cidades
> Falava à porta da estalagem.
> ....
> Falava da justiça e da luta para haver justiça.
> ....

> "(Louvado seja Deus que não sou bom,
> E tenho o egoísmo natural das flores
> E dos rios que seguem o seu caminho
> Preocupados sem o saber
> Só com o florir e ir correndo.
> É essa a única missão no Mundo,
> Essa - existir claramente,
> E saber fazê-lo sem pensar nisso)."

> E o homem calara-se, olhando o poente.
> Mas que tem com o poente quem odeia e ama? (pp. 220-221)

Este último verso coloca em contraposição a relação entre um elemento da natureza (poente) e duas capacidades afetivas do homem, "amar" e "odiar". A relação com a natureza, determinante na construção da verdadeira humanidade (ser radicalmente natureza e absorvido por ela), não pode compactuar com os sentimentos de amor e ódio confessados pelo homem e que se originariam da falta de solidariedade e da piedade dos seres da cidade. A contraposição suposta entre campo e cidade, na verdade, acusa a contraposição entre a objetividade requerida pela vivência das sensações do homem do campo e a subjetividade sentimental a que a vida "civilizada" nos convida. Posto isso, veja-se como ficam claramente justificados versos como:

> ....
> *Os poetas místicos são filósofos doentes,*
> *E os filósofos são homens doidos.*
>
> *Porque os poetas místicos dizem que as flores sentem*
> *E dizem que as pedras têm alma*
> *E que os rios têm êxtases ao luar.*
>
> *Mas as flores, se sentissem, não eram flores,*
> *Eram gente;*
> *E se as pedras tivessem alma, eram coisas vivas, não eram pedras;*
> *E se os rios tivessem êxtases ao luar,*
> *Os rios seriam homens doentes.* (p. 219).

Ou ainda, o que está magistralmente registrado no diálogo que compõe este breve poema:

> *"Olá, guardador de rebanhos,*
> *Aí à beira de estrada,*
> *Que te diz o vento que passa?"*
>
> *"Que é vento, e que passa,*
> *E que já passou antes,*
> *E que passará depois.*
> *E a ti o que te diz?"*

"Muita cousa mais do que isso.
Fala-me de muitas outras cousas.
De memórias e de saudades
E de cousas que nunca foram."

"Nunca ouviste passar o vento.
O vento só fala do vento.
O que lhe ouviste foi mentira,
E a mentira está em ti." (p. 213)

Assim, o aprendizado das sensações significa basicamente "esquecer" os vícios de percepção que foram inoculados no homem ao longo de sua história e que são responsáveis pelo seu estado atual de infelicidade, justamente porque decorreram do afastamento progressivo do homem em relação à sua matriz constitutiva original que é a natureza. Quando Pessoa, ou algum dos seus heterônimos, fala da sensibilidade nova trazida por um neopaganismo, não só se refere a uma recomposição moderna da visão de mundo herdada dos gregos, mas também de uma sensibilidade que decorreria das novas conquistas do conhecimento humano de que são portadoras algumas correntes de pensamento como o positivismo. Seria uma espécie de nova religiosidade, a da natureza, destituída de mística e consagrada radicalmente aos modelos da própria natureza. É o que diz o poema com que se encerra esta parte, dedicada ao Mestre de todos:

Pensar em Deus é desobedecer a Deus,
Porque Deus quis que o não conhecêssemos,
Por isso se nos não mostrou...

Sejamos simples e calmos,
Como os regatos e as árvores,
E Deus amar-nos-á fazendo de nós
Belos como as árvores e os regatos,
E dar-nos-á verdor na sua primavera,
E um rio aonde ir ter quando acabemos!...(p. 208)

Mas o rigor dessa percepção e mesmo a serenidade que dela decorre nem sempre se percebe em todos os poemas do heterônimo. Sobretudo nas séries intituladas *O pastor amoroso* e *Poemas inconjuntos*, comparece um Caeiro mais cansado, mais propenso aos sentimentos decadentes tão criticados em "O Guardador do Rebanhos".

IVb. Álvaro de Campos

Talvez o mais ruidoso dos heterônimos, foi aquele que, ao mesmo tempo, mais tentou se aproximar do Mestre e mais dele se distanciou. Nascido em Tavira, em 1890, engenheiro naval com formação em Glasgow, é radicalmente urbano e vinculado às grandes conquistas da modernidade, apesar de que sua obra nem sempre seja fiel a essa fisionomia tão moderna. A organização de seu *Livro de Versos*, feita pela pesquisadora Teresa Rita Lopes, é, desse ponto de vista, muito elucidativa. Divide ela o livro da seguinte forma: o decadente, o sensacionista, o metafísico, o aposentado. Na primeira parte, ficam os poemas que Campos teria escrito antes que sofresse o impacto da aparição de Caeiro. São poucos poemas, em que a presença de elementos finisseculares, como o tema das viagens artificiais, do exotismo, remetem ao ambiente de requinte decadente dos poetas que cresceram à sombra de mestres como Baudelaire. O poema "Opiário" é o mais famoso dessa "fase" e teria sido escrito durante uma viagem de Campos ao Oriente (note-se, a propósito, que Pessoa jamais pisou os pés em nenhum outro país que não fosse Portugal e a África do Sul).

Na segunda parte, estão os poemas da fase sensacionista em que Campos tenta assumir radicalmente as lições de Caeiro, mas de um modo totalmente seu. Como homem da cidade, suas referências vivenciais são as cidades ruidosas, os portos movimentados, as fábricas barulhentas, as multidões. Nada mais oposto ao acalanto dos campos e rios dos poemas de *O*

Guardador de Rebanhos. Campos considera que tudo o que forma o conjunto das criações materiais do homem constitui uma segunda natureza. E é esta que lhe molda a percepção.

Nesse sentido, o poema mais fiel à lição caeiriana é a "Ode Triunfal", texto monumental, datado de junho de 1914, que vem a ser um hino à materialidade moderna. É a primeira grande obra de Campos. Dele só se transcrevem aqui pequenos fragmentos, mas suficientemente densos para indicar, desde então, a particularidade desse heterônimo, com o qual grande parte da juventude do século XX se identificou:

> *À dolorosa luz das grandes lâmpadas elétricas da fábrica*
> *Tenho febre e escrevo.*
> *Escrevo rangendo os dentes, fera para a beleza disto,*
> *Para a beleza disto totalmente desconhecida dos antigos.*
>
> ....
>
> *Em febre e olhando os motores como a uma Natureza tropical -*
> *Grandes trópicos humanos de ferro e fogo e força -*
> *Canto, e canto o presente, e também o passado e o futuro,*
> *Porque o presente é todo o passado e todo o futuro*
> *E há Platão e Virgílio dentro das máquinas e das luzes elétricas*
> *Só porque houve outrora e foram humanos Virgílio e Platão.*
> ....
>
> *Ah, poder exprimir-me todo como um motor se exprime!*
> *Ser completo como uma máquina!*
> *Poder ir na vida triunfante como um automóvel último-modelo!*
> *Poder ao menos penetrar-me fisicamente de tudo isto,*
> *Rasgar-me todo, abrir-me completamente, tornar-me passento*
> *A todos os perfumes de óleos e calores e carvões*
> *Desta estupenda flora, negra, artificial e insaciável!* (p. 306)

Nem de longe, o Campos que aqui aparece evocaria o Mestre Caeiro. Ficam muito distantes dele os versos despojados, simples e diretos deste último, inclusive sua impostação tranquila, a visão calma que provém do usufruir do fluxo de uma natureza que transcorre no seu próprio ritmo vital. Ao contrário, a modulação desses versos de Campos é frenética, nervosa, grandiloquente; o discurso é exaltado e exclamativo. É que tudo isso é ditado por essa outra natureza, artificial, que o homem moderno construiu para si: é aquela que se constitui em torno e por conta da máquina. Sua imitação será igualmente agitada, nervosa, absorvente. (Convém lembrar que desde o início da revolução industrial, alterações substanciais na vida humana provocaram incertezas e temores na humanidade, ao mesmo tempo em que um clima de fascínio se instalou em torno de símbolos da vida moderna como a iluminação elétrica, a mecanização da produção.) Os versos citados acima indicam bem isso: fascínio pela segunda natureza que é a das máquinas, resultando na vontade de colar-se a elas e desintegrar-se nelas.

Isto, do mesmo modo com que o homem caeiriano sonha integrar-se por inteiro na natureza primeira que lhe dita o ritmo da vida e os padrões de seu cotidiano. Dentro dessa linha inicial de aproximação ao Mestre Caeiro, Campos deixou escritos alguns grandes textos completos, como a "Ode Marítima" (sua obra máxima nessa linha de composição).

No entanto, desde a "Ode Triunfal", uns elementos estranhos parecem querer desequilibrar a força desse novo tipo de sensacionismo que o poeta afirma ter assumido. Trata-se da emergência de conteúdos nostálgicos que de repente interferem na descrição da paisagem contemporânea:

> *(Na nora do quintal da minha casa*
> *O burro anda à roda, anda à roda*
> *E o mistério do mundo é do tamanho disto.* (p. 310)

Ou como na "Ode Marítima", onde a intenção sensacionista sofre de repente a impacto de uma invasão de inquietações metafísicas:

> *Ah! Quem sabe, quem sabe,*
> *Se não parti outrora, antes de mim,*
> *Dum cais; se não deixei, navio ao sol*

Oblíquo da madrugada,
Uma outra espécie de porto? (p. 315)

Na verdade, a intenção declaradamente sensacionista do poeta parece não resistir muito à erupção dos sentimentos, de um lado, e à angústia metafísica de outro. Em breve, um outro Campos, aquele que o leitor melhor terá conhecido, se afirma, assinando poemas inesquecíveis como "Lisbon Revisited", "Aniversário", "Tabacaria" e tantos outros. Mas, afora a extraordinária beleza de seus versos, interessa aqui a discussão que neles o poeta faz a propósito do sensacionismo, e logicamente das lições de Caeiro.

Exemplar nesse sentido vem a ser "Tabacaria", cujo núcleo constitui uma magistral reflexão do heterônimo em torno da filosofia que teria conferido identidade à fase mais programática de sua criação. Poema denso de inquietações existenciais —

Não sou nada.
Nunca serei nada.
Não posso querer ser nada.
À parte isso, tenho em mim todos os sonhos do mundo. (p. 362)

— traduz ele em seus momentos mais variados uma espécie de desespero em relação ao tudo ou ao nada que vale sua vida

Falhei em tudo.
Como não fiz propósito nenhum, talvez tudo fosse nada.
A aprendizagem que me deram,
Desci dela pela janela das traseiras da casa.
Fui até ao campo com grandes propósitos.
Mas lá encontrei só ervas e árvores,
E quando havia gente era igual a outra. (p. 363)

Mas, em meio a essa dispersão de inutilidades e desacertos, diante do sujeito angustiado aparece uma cena que o arrebata para um outro universo. Supõe-se que ele da sua janela contemple uma menina a comer chocolates. É o suficiente para que se lhe acordem as motivações do sensacionismo que só uma criança poderia fazê-lo com tal propriedade:

> *(Come chocolates, pequena;*
> *Come chocolates!*
> *Olha que não há mais metafísica no mundo senão chocolates.*
> *Olha que as religiões todas não ensinam mais que a confeitaria.*
> *Come, pequena suja, come!*
> *Pudesse eu comer chocolates com a mesma verdade com que comes!*
> *Mas eu penso e, ao tirar o papel de prata, que é de folha de estanho,*
> *deito tudo para o chão, como tenho deitado a vida.)* (p. 364)

Nada mais ingênuo e inócuo e banal do que uma criança a comer chocolates. E é essa banalidade que confere consistência metafísica aos chocolates e uma grande universalidade ao gesto de comê-los. A lição de Caeiro está fortemente presente aí: a verdade da infância, a verdade metafísica da matéria. Mas também está aí presente o termo que revela a desobediência inevitável do citadino Álvaro de Campos ("Mas eu penso"). Está transgredida a lei da sabedoria e com isso, como se atirasse fora o invólucro do chocolate, o sujeito deita fora a própria vida.

De fato, à medida que os anos passam e que fica para trás a lembrança do Mestre, Campos vai se tornando vagarosamente num outro, oposto, perdido no delírio de infinitudes, sonhando com tudo aquilo que não é máquina, óleos, fuligens, eletricidades.

É possível admitir-se uma pequena e frágil linha divisória entre um Campos metafísico e um Campos aposentado. O requisito da reflexão metafísica não só para esse heterônimo, como para todo o Pessoa, se deve a uma sólida compleição filosófica, admitindo-se ser ao campo da filosofia, o de maior domínio e predileção do Poeta. Não se trata de veleidade de ocasião mas um consistente território que o poeta frequenta com a mais absoluta segurança. Nesse sentido, poderia parecer que a fase aposentada do poeta representaria uma espécie de ruptura com essa tendência filosófica. Mas não é exatamente assim: é que o aposentado, aquele que solta as rédeas da afetividade, mantém-se moldado pela reflexão metafísica. Os sentimentos, sobretudo os do tédio e os da saudade, jamais se divorciam do viés racionalista que orientam as inflexões filosóficas. Nessa linha de ponderações é que devem ser considerados poemas conhecidos como: "Aniversário", "Lisbon Revisited" (1926).

IVc. RICARDO REIS

É o mais idoso dos heterônimos. Teria nascido em 1887. Recatado, conservador, médico de profissão, tinha sólida formação clássica, tendo familiaridade com os líricos gregos e latinos. Daí que tenha tido afinidade fortíssima com a Ode, forma poética muito cara a eles, composição lírica em que se mistura apologia e reflexão. Como Campos, teria ele sobrevivido ao seu criador. Por suas posições conservadoras teria partido em autoexílio para o Brasil em 1919, não mais retornando ao país natal.

(Oportuno é lembrar aqui, mesmo entre parêntesis, que o conhecido *Ano da Morte de Ricardo Reis*, de José Saramago, é uma obra de ficção em que o autor trabalha sobre a hipótese de que Reis teria retornado a Lisboa no mesmo ano do falecimento de Pessoa, 1935. Mas isso já lá são outras histórias).

Pela sua inserção num bucolismo clássico, pastoril, muitos leitores o consideram como o heterônimo mais próximo de Alberto Caeiro. Versos como os que seguem parecem justificar essa aproximação:

> *Segue o teu destino,*
> *Rega as tuas plantas,*
> *Ama as tuas rosas.*
> *O resto é sombra*
> *De árvores alheias.*
>
> *A realidade*
> *Sempre é mais ou menos*

Do que nós queremos.
Só nós somos sempre iguais
A nós próprios.

....

Vê de longe a vida.
Nunca a interrogues.
Ela nada pode
Dizer-te. A resposta
Está além dos deuses.

Mas serenamente
Imita o Olimpo
No teu coração.
Os deuses são deuses
Porque não pensam. (p. 270)

Mas essa aproximação é enganosa. Para melhor entender a questão, ajudará em muito a exploração de algumas das fontes filosóficas desse heterônimo. Ricardo Reis confessa-se identificado com o pensamento do período pós-socrático, portanto, do período em que se afirmam as filosofias da existência, mais preocupadas em responder a questões vivenciais do homem da época. Enquanto Platão e Aristóteles ocuparam-se do erguimento de sistemas sólidos do conhecimento universal, os filósofos do período pós-socrático trouxeram à discussão atitudes vivenciais como o hedonismo, o epicurismo. A atenção dessas filosofias estava sobretudo em descobrir os caminhos da felicidade ou da minimização do sofrimento para os seres humanos, estes agora reduzidos a uma dimensão menor, permeáveis a questões como o sentido da vida, o significado da morte, a passagem dos tempos.

Epicuro (século I a.C.) foi uma referência segura para Ricardo Reis, principalmente por ter proposto como via da felicidade a suspensão das variações e das vicissitudes decorrentes do movimento e do tempo. É a ataraxia. Um poema exemplar, nesse sentido, é a ode "Vem sentar-te comigo, Lídia, à beira rio", em que o sujeito do poema convida a amada para uma aproximação amorosa. Mas para por aí. Nada além da proximidade quase estática e do fruir do movimento do rio que passa. De aproximação física, apenas um leve enlaçar de mãos que se desenlaçam para que não se canse. Na verdade, a felicidade é o repouso, a ausência do esforço, a paz próxima da morte. Nenhuma ação: "mais vale estarmos sentados ao pé um do outro/ Ouvindo correr o rio e vendo-o" (p. 256).

Trata-se da contenção de afetividades, espécie de censura aos excessos do corpo e de apelo ao universo recluso quase descarnado e inumano que protegeria o homem dos sofrimentos do amor ou da fugacidade dos tempos. A beleza sucinta dos versos que seguem demonstra o grau de elaboração, síntese e contenção com que Ricardo Reis formula sua filosofia de vida:

> *Corai-me de rosas*
> *Coroai-me em verdade*
> *De rosas -*
> *Rosas que se apagam*
> *Em fronte a apagar-se*
> *Tão cedo!*
> *Coroai-me de rosas*
> *E de folhas breves.*
> *E basta.* (p. 255)

À glória que significa a coroa de rosas, o poema contrapõe, de modo amargo e inexorável, o transcorrer do tempo que tudo torna inútil: "Rosas que se apagam/ Em fronte a apagar-se/ Tão cedo". Isso, no entanto, não denega o ato de coroar, a beleza das flores, mas afirma a brevidade de tudo.

Uma outra vertente filosófica presente na obra de Reis, acha-se referida na polêmica ode em que ele fala dos jogadores de xadrez que na Pérsia jogavam sua partida enquanto guerras e fomes destruíam o país. A leitura do poema põe em questão toda crença na validade dos princípios de engajamento e solidariedade:

À sombra de ampla árvore fitavam
O tabuleiro antigo,
E, ao lado de cada um, esperando os seus
Momentos mais folgados,
Quando havia movido a pedra, e agora
Esperava o adversário,
Um púcaro com vinho refrescava
Sobriamente sua sede. (p. 267)

O poema fala ao fim em "irmãos em amarmos Epicuro/ E o entendermos mais/ de acordo com nós próprios que com ele,/ Aprendamos na história/ Dos calmos jogadores de Xadrez/ Como passar a vida" (p. 268). Um fragmento de Pessoa, com data provável de 1915, atribuído a Frederico Reis, salienta a particularidade desse Epicuro, apontando nele uma tristeza que não se observa na obra do filósofo original. A pesquisadora brasileira Maria Helena N. Garcez associa com muita propriedade essa referência a Epicuro a um outro filósofo, este, de origem persa como os jogadores da célebre ode: Omar Khayyam.[1]

As referências a esse filósofo, que tanto reconhecimento teve no início do século XX, encontram-se em fragmentos que Pessoa teria registrado para o *Livro do Desassossego*, como este, por exemplo:

> *A filosofia prática de Khayyam reduz-se pois a um epicurismo suave, esbatido até ao mínimo de desejo de Prazer. Basta-lhe ver rosas e beber vinho. Uma brisa leve, uma conversa sem intuito nem propósito, um púcaro de vinho, flores, em isso, e em não mais do que isso, põe o sábio persa o seu desejo máximo. O amor agita e cansa, a ação dispersa e falha, ninguém sabe saber, e pensar embacia tudo. Mais vale pois cessar em nós de desejar ou de esperar, de ter a pretensão fútil de explicar o mundo ou o propósito estulto de o emendar ou governar. Tudo é nada, ou como se diz na Antologia Grega, 'tudo vem da sem- -razão', e é um grego, e, portanto, um racional, que o diz.* (p. 91)

Próximo a um Epicuro por conta da busca da felicidade na serenidade calma das coisas, Khayyam falaria muito mais ao

---

[1] GARCEZ, Maria Helena N. *O Tabuleiro Antigo*. São Paulo: Edusp. 1990.

homem finissecular pela explícita filosofia da decadência a que se propõe. Mais do que o prazer da imobilidade, da suspensão de nossos desejos à passagem do tempo, Khayyam propõe a busca dessa suspensão numa atitude radical de indiferença em relação a tudo o que é transitório. Lembre-se que na ode de Reis, os dois jogadores de xadrez absorvem do vinho e se deixam absorver pelo jogo, indiferentes às guerras e às desgraças. Por tudo isso, o helenista Ricardo Reis vai muito além da imitação da vida e dos cenários pastoris de seus ancestrais. Vai também muito além da suposta felicidade tal como a concebe Epicuro. A presença de Khayyam denuncia a forte interferência de um componente filosófico amargamente cético.

Nesse sentido, há algo em Reis que lembra aquele Caeiro quase truculento do poema sobre o homem das cidades, aquele que sabia amar e odiar e clamava por justiça. O mandamento contido em *O Guardador de Rebanhos* era claro: imitar a natureza no seu egoísmo, correndo indiferente como o rio, florindo para nada como as flores. No caso dessa ode de Reis, há também uma espécie de conclamação a algo semelhante a esse egoísmo. Mas com uma substancial diferença: a atitude aqui definida não tem como base a natureza. É nitidamente um padrão moral e, nesse sentido, uma invenção humana... Leia-se a parte final do poema:

> *Ah! sob as sombras que sem qu´rer nos amam,*
> *Com um púcaro de vinho*
> *Ao lado, e atentos só à inútil faina*
> *Do jogo do xadrez*
> *Mesmo que o jogo seja apenas sonho*
> *E não haja parceiro,*
> *Imitemos os persas desta história,*
> *E, enquanto lá fora,*
> *Ou perto ou longe, a guerra e a pátria e a vida*
> *Chama por nós, deixemos*
> *Que em vão nos chamem, cada um de nós*
> *Sob as sombras amigas*
> *Sonhando, ele os parceiros, e o xadrez*
> *A sua indiferença.* (p. 269)

A convocação do poema para a solução das atribulações da existência é a indiferença capaz de reduzir a vida a um jogo, uma mobilidade lúdica e sem sentido, apenas embalada pelo prazer do vinho. Por detrás do requinte clássico dos versos, do universo quase mítico que compõe o quadro dos jogadores de xadrez, percebe-se, como um incômodo, a presença da perspectiva moral do homem da época: o gosto do artifício, representado pelo jogo, o prazer dos sentidos representado pelo vinho, a acintosa desconexão em relação ao mundo.

Nisso, Reis e Caeiro demonstram uma faceta similarmente dura do ponto de vista do engajamento na vida comum. Este é um lado que pouco tem sido avaliado no estudo das *Ficções do Interlúdio*, mas que se afina como uma faceta pouco simpática do próprio Pessoa: uma espécie de crueza na sua percepção do homem que só é bom por descuido e fraqueza. Aliás, o próprio Álvaro de Campos em um dos momentos mais violentos de sua "desumanidade" deixou claramente registrado:

> *A alma humana é porca como ânus*
> *E a vantagem dos caralhos pesa em muitas imaginações.*[2]

Além dessas questões ligadas aos conteúdos das odes de Ricardo Reis, importa indicar aqui que, por conta de sua formação clássica, é ele dos três heterônimos o mais cioso das questões formais. Racionalista e linguisticamente parcimonioso, suas odes são um exemplo claro do senso de equilíbrio por ele professado. E nisso ele difere do seu Mestre. Aliás, numa dessas curiosas páginas de reflexão crítica deixadas por Pessoa, há anotações assinadas por Reis em que o mesmo desaprova excessos de liberdade poética do Mestre, seu sentimentalismo e ainda seu derramamento incontido.

---

[2] CAMPOS, Álvaro de. *Livro de Versos. Fernando Pessoa* (ed. crítica. int., transc., org. e notas de Teresa Rita Lopes.) Lisboa: Estampa, 1993, p. 159. Cf. também *Pessoa por Conhecer* (ed. Teresa Rita Lopes). Lisboa: Estampa. 1992 (2 v.).

Reis, nesse sentido, é um clássico: contido, cerebral, racional, ao passo que o Mestre poderia ser situado num período pré-clássico, em que a racionalidade mal começava a impor-se. Por essa razão, os poemas de Reis soam às vezes um pouco longínquos, a uma primeira vista, mas acabam por capturar o leitor por conta daquela profunda e inesperada ressonância de questões vividas pelo homem de sua época a que se referiu acima.

V. O DRAMA EM GENTE

Esse trio que compõe o núcleo das *Ficções do interlúdio*, embora autônomo estilística e tematicamente falando, forma no seu essencial um todo coeso que define uma proposta poética de intervenção no mundo. Mesmo que o ideário que lhe confere coesão tenha se definido praticamente *a posteriori*, entenda-se que sua matriz, que são os poemas de *O Guardador de Rebanhos*, é, a par de sua genialidade literária, também um posicionamento diante do mundo, formulado num discurso claramente propositivo.

Daí que os poemas dessa obra guardem também um tom ao mesmo tempo reflexivo e didático, como nestes versos:

> *Só a natureza é divina, e ela não é divina...*

> *Se falo dela como de um ente*
> *É que para falar dela preciso usar da linguagem dos homens*
> *Que dá personalidade às cousas,*
> *E impõe nome às cousas.*
> *Mas as cousas não têm nome nem personalidade:*
> *Existem, e o céu é grande, a terra larga,*
> *E o nosso coração do tamanho de um punho fechado...*

> *Bendito seja eu por tudo quanto sei.*
> *Gozo tudo isso como quem sabe que há o sol.* (p. 218)

A lição essencial de Caeiro constitui a negação radical de toda a história da humanidade e a afirmação da reaproximação do homem da única matriz verdadeira do conhecimento que é a natureza. Por quê? Porque a natureza não pensa, não sente, apenas transcorre livremente e sem drama.

Nesse sentido, lembre-se, a lição do Mestre é incisiva. Pensamentos como os de morte ou lamentos sobre o tempo que passa, são antinaturais. O verdadeiro homem, plasmado pela natureza, confunde-se com ela e não há lugar nele para qualquer espécie de sofrimento ou melancolia. Aqui se confunde o homem com sua matriz e é esse o verdadeiro sentido da lição caeiriana. Fora isso, vem o sofrimento, o sentimento da velhice, da perda e da morte. Aliás, em *O Guardador de Rebanhos* há três poemas de lamento que Caeiro afirma ter escrito em momento de doença, estado físico e de consciência que o distanciaria do estado natural. Um deles diz:

> *A recordação é uma traição à Natureza,*
> *Porque a Natureza de ontem não é Natureza.*
> *O que foi não é nada, e lembrar é não ver.*

> *Passa, ave, passa, e ensina-me a passar!* (p. 225)

Ao mesmo tempo em que reverenciam o Mestre, os poemas de Campos e Reis parecem brotar de uma mesma sensação de impotência diante de suas lições. Reis, no entanto, não chega a assinalar esse fracasso de modo tão explícito quanto Campos. Mais discreto na sua discipularidade, acabou acomodando-se numa teoria ou uma estética da indiferença o modo particular pelo qual assimilou as lições de Caeiro. Na ode que Reis consagra a este, desde seu início fica dita a impossibilidade de viver sem o sofrimento decorrente do fator mais corrosivo da existência que é o tempo. A lição que sobra é a da sabedoria do ir-se da natureza contra a qual nada se faz:

> *Mestre, são plácidas*
> *Todas as horas*
> *Que nós perdemos,*
> *Se no perdê-las,*
> *Qual numa jarra,*
> *Nós pomos flores.* (p. 253)

A lição desses versos que resumem toda uma filosofia da descrença é simples: como murcham as flores, as horas que vivemos também murcham, perdêmo-las. Sem lamento, apenas constatando que tudo isso é inexorável como o passar das estações. Mas, ao contrário de Caeiro para quem só em estado de doença se sente a melancolia do tempo, aqui, Ricardo Reis integra na mesma natureza a noção do fenecimento e do declínio.

Campos mais dramaticamente deixou vários fragmentos em que confessa a impossibilidade de chegar ao Mestre. Nesse sentido, a sua obra-prima vem a ser o poema "Mestre, meu mestre querido" em que remontando toda a filosofia de Caeiro, acaba por afirmar sua impossibilidade, sua qualidade utópica, inviável para um homem de seu tempo, já impregnado por tudo aquilo que contrariaria sua natureza. Vejam-se alguns dos fragmentos mais significativos:

> *Mestre, meu mestre querido!*
> *Coração do meu corpo intelectual e inteiro!*
> *Vida da origem da minha inspiração!*
> *Mestre, que é feito de ti nesta forma de vida?*
>
> ....
>
> *Mestre, meu mestre!*
> *Na angústia sensacionista de todos os dias sentidos,*
> *Na mágoa quotidiana das matemáticas de ser,*
> *Eu, escravo de tudo como um pó de todos os ventos,*
> *Ergo as mãos para ti, que estás longe, tão longe de mim!*
>
> *Meu mestre e meu guia!*
> *A que nenhuma coisa feriu, nem doeu, nem perturbou,*
> ....
> *Meu coração não aprendeu a tua serenidade,*
> *Meu coração não aprendeu nada.*
> ....
> *Depois, mas por que é que me ensinaste a clareza da vista,*
> *Se não podias me ensinar a ter a alma com que a ver clara?*
> *Por que é que me chamaste para o alto dos montes*
> *Se eu, criança das cidades do vale, não sabia respirar?*
> *Por que é que me deste a tua alma se eu não sabia o que fazer dela*
> *Como quem está carregado de ouro num deserto,*
> *Ou canta com voz divina entre ruínas?*

....

A calma que tinhas, deste-ma, e foi-me inquietação.
Libertaste-me, mas o destino humano é ser escravo.
Acordaste-me, mas o sentido de ser humano é dormir. (pp. 369-370)

Interessa notar que, além de confessar a incapacidade de chegar ao Mestre, fica implícito no poema a total inumanidade de Caeiro, situado como um deus acima da condição humana. A libertação que sua lição significa, contraria o destino do homem, escravo de sua história, a vidência clara de tudo contraria a própria natureza humana, mais afeita à cegueira e à escuridão.

Essa relação tensa entre os três heterônimos, dramática seria o termo, permite ao leitor entender um pouco da dinâmica da criação pessoana. Inventada como ficção, escrita como poesia, constitui ela, nesse caso, uma espécie de intervenção profunda na vida humana, como se atendesse ao apelo de uma humanidade desarvorada diante do caos que se pressentia chegar. Fundamental no caso é, sobretudo, entender-se que se trata de uma intervenção poética que envolve escolhas e invenções linguísticas decisivas na história literária em língua portuguesa.

Assim, as lições de Caeiro não seriam tão verdadeiras se não resultassem da constituição de uma espécie de estilo zero, sem marcas de realce, sem grandes exaltações, sem impulsos de linguagem figurada. Ou se não pressupusessem uma sintaxe tão direta e tão plena, como se tudo só pudesse ser dito na forma do vento que passa ou do rio que flui.

Contraponto fortíssimo acaba se lhe opondo o estilo vibrante e quase épico das odes de Álvaro de Campos: exclamativas, hiperbólicas, chamando a atenção para a tensão da vida contemporânea. Mas, há um outro Campos, mais introspectivo, mais íntimo e sentimental, mais complexo em sua sintaxe e sobretudo pendendo para a abstração filosófica. Campos, metafísico ou aposentado, na denominação de Teresa Rita Lopes, é aquele que assume o drama da inviabilidade de uma filosofia da natureza.[1] O estilo é menos derramado, o tom menos vibrante, mas a intensidade dramática revela a percepção do poeta em relação aos impasses do homem que começava a descobrir a modernidade. Mais definível em sua diferença, é o estilo de Ricardo Reis: inscrito na tradição clássica, o estilo é epigramático. De todos os três é aquele que explicitamente assume o formalismo linguístico e poético. Nesse sentido, seria o grande crítico dos demais companheiros, como se pode ver nesses curiosos fragmentos.

Percebidos dessa forma, fica claro o que o poeta quis dizer ao falar do seu pendor na criação de um Drama em Gente. Entre as três personagens criadas não transcorre nenhuma ação que justifique a dramaticidade de sua relação. Esta se dá por conta da tensão de atitudes diante do mundo e dos modos poéticos com que tais atitudes comparecem frente ao leitor. E, efetivamente, um drama imóvel, intenso, beirando às vezes o trágico, coloca--as frente à frente uma da outra num confronto que sintetiza o universo agônico que se lhes desenhava para o futuro. Pessoa, na verdade, nesse sentido mostrava-se bastante afinado com as propostas do teatro simbolista, dando-lhe talvez um caráter incisivamente filosófico.

---

[1] LOPES, Teresa Rita. *Fernando Pessoa et le Drame Symboliste. Heritage et Création.* Paris: Gulbenkian, 1985.

VI. O CAMINHO MÍSTICO

Já, por volta de 1915, portanto, ainda durante o período vigoroso da criação dos seus mais conhecidos heterônimos e também das justificativas teóricas que iriam embasar essa criação, Pessoa mostrou-se vivamente interessado numa vertente doutrinária que desde o século anterior vinha provocando um certo impacto nas crenças religiosas. Trata-se daquilo que genericamente tem sido denominado como esoterismo ou ocultismo, mas que contém tendências distintas de explicação do mundo e das coisas. Impressionaram-lhe inicialmente as ideias de Madame Blavatsky, Leadbeater e o universo das ideias básicas dos Rosa-Cruzes, tal como o atesta seu depoimento ao amigo Sá Carneiro.

E, mais ainda, Pessoa demonstrou viva curiosidade nesse período em relação à doutrina espírita, manifestamente quanto aos fenômenos da mediunidade. Desta última tendência ele teria se afastado mais rapidamente, sobretudo, por conta do pressuposto contato direto entre o mundo dos vivos e aquele dos espíritos.

É de se perceber que este Pessoa estava já bastante distante do universo configurado pelos seus principais heterônimos e do qual o próprio participara. Nada mais longínquo das lições do Mestre Caeiro do que essa vontade de ultrapassar o mundo dos conhecimentos fornecidos pelas sensações para atingir a esfera dos mistérios e dos enigmas do mundo. Sua reconhecida vocação metafísica começava a exigir a quebra dos limites básicos do neopaganismo.

Esse novo caminho, ensaiado a partir de então, configura-nos a parte da obra pessoana que tem recebido denominações diferentes (esotérica, ocultista, messiânica, mística, metafísica etc.) e que começa a fazer contraponto sistemático com a produção neopagã que se manterá ainda por muito tempo, sobretudo nos poemas de Reis e nos fragmentos assinados a partir da década de 20, por Bernardo Soares.

O que interessa no momento é refletir sobre o modo como Pessoa situa doutrinariamente esse novo caminho. Tome-se como ponto de partida a curiosidade despertada pelo oculto em Pessoa. É como se simultaneamente à descoberta luminosa de um mundo natural sem mistérios, um outro Pessoa, mais obscuro, confinasse a saída neopagã ao plano exclusivo das sensações e intuísse um outro universo definido por princípio por leis estranhas à clara natureza.

Um conjunto de poemas denominado "Passos da Cruz", escrito por volta de 1917, vem a ser a primeira grande manifestação poética dessa faceta. Análogo aos passos de Cristo na paixão, o poema todo compõe uma espécie de teoria poética do Pessoa ocultista. Mais uma vez, um contraponto se faz necessário com as lições de Caeiro para quem fazer poesia é simplesmente deixar que flua a palavra sem mistérios e sem significados escondidos. O poeta, nesse sentido, fabrica não um artifício, mas uma réplica perfeita da natureza, sendo ele próprio algo que na natureza escreve.

> Nos "Passos da Cruz" é bem outra a concepção de poeta e de poesia: em primeiro lugar, o poeta não fala por si ("Há um poeta em mim que Deus me disse", p. 124, ou "Emissário de um rei desconhecido/ Eu cumpro informes instruções do além", p. 128). Logo, o poeta realiza aquilo que por destinação e profecia ele tem a cumprir: "Não sou eu quem descrevo. Eu sou a tela/ E oculta mão colora alguém em mim" (p. 127).

Assim, o poeta não tem "vontade" ou poder de decisão, ele simplesmente cumpre e ao fazê-lo confunde a obra consigo mesmo.

Dessas ideias decorrem várias possibilidades de interpretação, dentre as quais esta que se desdobra a seguir: a poesia e o poeta pertencem ao plano do sagrado e são portadores de instruções que se inscrevem na história, no destino dos homens. Como intermediário do divino, a ele (poeta) cabe reescrever o que está escrito no plano da vivência humana. A conhecida doutrina de que o universo e tudo o que nele está contido é uma grande obra escrita por mão superior encontra nessa posição de Pessoa uma explicação e justificativa. Intérprete do que o oculto teria "informado" ao mundo, cabe-lhe a decifração possível do mistério, até onde este se deixa decifrar.

Confunde-se aqui poesia e profecia, e poeta e profeta, desenvolvimento natural das especulações de Pessoa até o momento em que finalizaria *Mensagem*, ponto culminante dessa trajetória. Por outro lado, a questão do Gênio levantada páginas atrás converge claramente para essa explicação mística da poesia. A essa questão se retornará mais adiante.

Em seus escritos sobre as questões envolvidas nessa vertente, Pessoa deixou tanto alguns textos especulativos como uma variedade enorme de poemas cuja unidade conceitual e doutrinária nem sempre é fácil de ser vislumbrada. Dentre os poemas, citem-se, como bons exemplos: "Último sortilégio", "Eros e Psique", "Iniciação", "No túmulo de Christian Rosencreutz", além do livro *Mensagem* que, como se verá a seguir, junta ao conteúdo místico uma visão nacionalista.

Um modo seguro para uma compreensão mais organizada dessa vertente pode ser localizado em alguns documentos em que o poeta parece querer fazer um contraponto entre o novo ponto de vista filosófico e aquele que se conheceu páginas atrás como Neopaganismo. É como se ambos se situassem em momentos diferentes do desenvolvimento do paganismo grego. O neopaganismo nasceria de um período pré-clássico e ainda teria como matriz um pensamento de raiz antirracionalista ao passo que o novo pensamento pessoano teria nascido no período pós-socrático com manifestações de neoplatonismo misturados com perspectivas que já prenunciariam o cristianismo.

Pessoa deixou fragmentos contendo reflexões muito incisivas a respeito das origens disso a que ele chamou de Paganismo

Superior, mas que poderia igualmente ser denominado como paganismo da decadência. Não fica difícil relacionar esse tipo de pensamento com o epicurismo triste de Ricardo Reis, também ele situado num momento pós-socrático, mas ainda vincado numa perspectiva pagã, digamos, ortodoxa. O paganismo superior pode ser bem entendido e situado a partir de um inédito deixado pelo poeta em que ele se define como um "místico intelectual da raça triste dos neoplatônicos da Alexandria" e, como eles, acreditaria nos deuses, nos semideuses, e no Destino. Mas também crê que entre o Destino e os deuses há um Logos, Intermediário intelectual, Logos para os filósofos, ou Cristo para a mitologia cristã.

Essa autocaracterização do poeta enquanto pagão, mas heterodoxo, terá consequências enormes no prosseguimento da produção do poeta até sua morte. Uma das decorrências mais fortes dessa interposição atribuída ao neoplatonismo, ocupando o espaço imponderável entre o Destino ou Fatum e os deuses, vem a ser o estabelecimento de um *continuum* ascensional a partir dos homens passando pelos deuses, pelo Intermediário ou Logos e atingindo finalmente o grau máximo na escala de aperfeiçoamento com a aproximação ao Destino, Fatum (ou Deus). Não seria para Pessoa o estabelecimento de uma hierarquia estática, mas sim o estabelecimento de um sistema ascensional de aperfeiçoamento espiritual e que implicaria "etapas" de transição, para cuja superação seriam necessários procedimentos particulares.

Por outro lado, essa escalada jamais findaria, pois sua instância final sempre ensejaria outra que se lhe sobreporia. Um poema muito elucidativo nesse sentido é "Iniciação", que trata do processo de aperfeiçoamento a que corresponderiam as passagens pela Estalagem do Assombro, pela Estrada, e pela Funda Caverna onde, finalmente, o "corpo cessa, alma externa," e se verá que os deuses "são teus iguais" (p. 161). Nesse sentido, a distinção entre morte e vida desaparece, estabelecendo um caminho ininterrupto que se supõe infinito. A "Iniciação", título do poema, remete a um conjunto de procedimentos pelos quais passa o espírito humano a fim de poder adentrar o caminho justo que o eleva gradativamente para a integração cósmica.

A profunda atração que Pessoa sentiu pelas sociedades secretas como os Rosa-Cruzes, a Maçonaria ou ainda uma suposta Ordem do Graal, tem a ver com sua busca de um caminho definido de aperfeiçoamento, condição fundamental para superar ou pelo menos explicar o sentido da vida.

Retorna-se aqui ao ponto de partida. Pessoa havia vislumbrado no Neopaganismo, tal como ele propôs, uma solução para o enfrentamento das dores do mundo, eliminando-as por conta de que as dores são sentimentos e estes não existem na vida natural. Considerando as obras de Ricardo Reis e de Álvaro de Campos, essa primeira solução acaba fracassando, pois o homem não nasceu só como natureza e não mais vive como ela. Logo, o Neopaganismo é uma solução que somente um Caeiro e ninguém mais poderia vivenciar. A perspectiva do Paganismo Superior nesse sentido, supondo que o universo, e nele incluso o homem, admite que tudo se submete a um processo contínuo de aperfeiçoamento e transformação, encara a dor como integrada nesse processo. Não há passagem de etapa a etapa, de estágio a estágio, que não implique em desaprender para aprender ou em sofrer para aprender com o sofrimento. Vê-se por aí que o poema "Passos da Cruz", tematizando a paixão de Cristo, e incluindo-a no conjunto de momentos cruciais de purificação, sintetiza essa nova via a que, em documento posterior, referido por João Gaspar Simões, o poeta daria o nome de "Caminho Alquímico".

Essa denominação supõe uma adesão do poeta à Alquimia enquanto teoria e prática de conhecimentos que se vulgarizaram como sistema de procedimentos mágicos. Nada mais falso. Pessoa vai muito além do suposto plano mágico dessa doutrina, e tenta interpretar através dela os supostos contcúdos do Paganismo Superior. Como se tem notícia, a virtude do Alquimista estaria na capacidade de constituição da Obra, através de sucessivos processos de transformação e consequente purificação. A internalização desse procedimento aplicado ao espírito, tiraria dele seu caráter mágico, externo e material, e o reinterpretaria como a assunção de uma tarefa de autotransformação do sujeito (o alquimista ou o adepto) num Iniciante que adentrará um caminho de depuração espiritual. Em outros termos, a alquimia não é uma proposta mágica mas sim transformadora do espírito, e com a seguinte implicação: as etapas pelas quais ela supõe que o espírito tenha de passar, constituem uma espécie de campo de provas particulares cuja essência supõe necessariamente o sofrimento, ou melhor dizendo, o sacrifício.

O "solve et coagula" da velha ciência resumiria os passos essenciais desse campo de provas. Nesse sentido, não é gratuita a obsessão do poeta pela decifração do sentido alquímico do sacrifício incorporado por Cristo. A paixão, a crucificação e a suposta morte de Cristo e posterior ressurreição em corpo não deteriorável, tudo figurado pela Cruz, indicaria a etapa crucial do aperfeiçoamento do homem.

O leitor se verá surpreso nesse instante com a presença do ícone maior do Cristianismo na trilha do que o poeta denominou Paganismo Superior. Pessoa tem consciência dessa aparente incongruência: esse paganismo em primeiro lugar é heterodoxo já que foge da ortodoxia pagã ao alterar substancialmente dois elementos da doutrina pagã: em primeiro lugar fazendo coincidir e portanto alterando o conteúdo da instância máxima da escala hierárquica do universo, colocando um Deus como sinônimo de Fatum ou Destino. Em segundo lugar, colocando uma instância intermediária entre estes e os deuses (Logos, ou Cristo, por exemplo). Dissolve-se nesse sentido a finitude do Universo suposto pelo paganismo e ganha corpo doutrinário aquela fome de infinitude que Pessoa tanto condenara em religiões como a cristã ou a hindu.

Desse modo, pode entender-se melhor a espécie de rendição de Pessoa à impossibilidade de uma liquidação do Cristianismo e de um retorno ao Paganismo puro. O Paganismo Superior viria a fornecer ao Cristianismo um sentido moderno ao reinterpretá-lo no plano esotérico. Longe da crença cristã de um Deus que encarna no homem para redimi-lo, Cristo é a instância que marca simbolicamente o passo por onde finalmente a alma humana tem de atravessar para "iniciar" sua aproximação efetiva com as instâncias superiores.

É fundamental que o leitor entenda que esse Cristo é o símbolo mais completo desse trajeto rumo à perfeição. Como tal, constitui o convite mais cabal ao grande sacrifício na cruz, condição *sine qua non* de sua redenção em Deus num sentido próximo ao que lhes dá a tradição judaico-cristã, mas pensado não como corpo metafísico, com o qual jamais se mescla o espírito humano, mas como uma instância a que este pode por amalgamação se confundir, mas jamais se identificar.

> *Não. É em mim que se o calvário ergueu.*
> *É em meu coração abandonado*
> *Que Ele, cabeça augusta, alto sofreu*[1]

Mais clara essa função aparece nos versos:

> *À sua imagem de elevado,*
> *Quando em seu sangue e corpo dado,*
> *Serei enfim divinizado?*[2]

Uma nota importante precisa ser considerada aqui. Como se disse antes, Pessoa mostrou grande admiração pelos mistérios indicados pelas corporações iniciáticas como a Maçonaria e os

---

[1] PESSOA, Fernando. *Poesia 1931-1935 e não datada* (ed. Manuela Parreira da Silva, Ana Maria Freitas, Madalena Dine). Lisboa: Assírio & Alvim, 2006 [poema de 20/01/1931].

[2] PESSOA, Fernando. *Poesias ocultistas* (org. sel. apr. João Alves das Neves). São Paulo: Editora Ground, 1995, p. 116.

Rosa-Cruzes.[3] Trabalhou intensamente, tal como demonstram os inúmeros fragmentos deixados no seu baú, tentando uma compreensão poética de certos símbolos e conteúdos que teria aprendido dos últimos. Um deles vem a ser o próprio símbolo dessa ordem de que consta fundamentalmente uma cruz sobre cujo centro se projeta uma rosa. Uma longa discussão poderia ser feita sobre esses dois símbolos em separado e sobre a dramática intersecção dos dois. Para efeitos de entendimento do valor poético desse símbolo em Pessoa, o leitor deve considerar que a Cruz é um símbolo primitivo, anterior ao Cristianismo, e que sincretiza na sua simplicidade (cruzamento de duas linhas retas em ângulo reto) a luminosidade solar. Esse mesmo símbolo retomado após a introdução do Cristianismo juntou a essa primeira significação simbólica um segundo, mais conhecido: o do sacrifício de Cristo, condição para que a luminosidade primeira se expanda agora sob a influxo do conhecimento sacrificial.

Finalmente, sobre a cruz, agora entendida como sinônimo de vontade (mística), a rosa projetada constitui uma complexa resolução que acentua a questão da divindade sacrificada e em seu lugar introduz um símbolo menos personalizado: a rosa é ao mesmo tempo carne e sangue em sacrifício que consagra o espírito disposto ao aperfeiçoamento supremo e ao mesmo tempo lhe exige a mortificação que o introduz ao plano divino. Portanto, é um símbolo que concerne a todo aquele que assume o caminho alquímico. Elucidativo é esse fragmento do poeta:

> *Os Mestres da Doutrina Secreta representam o seu conhecimento por um símbolo negativo. Na Cruz, que significa a vontade (e no calvário significava o poder, o poder constituído, a lei) mostravam, pregando, a Rosa (que significa a emoção, o segredo, pois a emoção é secreta) e assim figuraram que, morta e emoção pela vontade, o terceiro imanifesto, a Ciência, emergia".[4]

[3] Cf. CENTENO, Y.K. e RECKERT, S. *Fernando Pessoa e a Filosofia Hermética.* Lisboa: Editorial Presença. 1985; e também COSTA, Dalila, P. *O Esoterismo de Fernando Pessoa.* 2. ed. Porto: Lello e Irmão, 1976.

[4] PESSOA, Fernando. *Rosea Cruz* (est. textos e apr. de Pedro T. da Mota). Lisboa: Ed. Manuel Lencastre, 1989, p. 140.

O novo elemento que se coloca na reflexão de Pessoa, resultado do sacrifício, é a Ciência, tomada no seu sentido mais profundo e completo, o Conhecimento puro que raros o atingem. Tarefa de espíritos superiores. Depreende-se daí que se o Neopaganismo era a via impossível para o conjunto dos homens, o Paganismo Superior, assimilando alternativas do esoterismo em geral e do Caminho Alquímico em particular, não deixa de ser também uma via quase que inviável. Só é franqueada àqueles que dotados por consagração ou esforço, conseguem descobrir, trilhar e cumprir os passos desse Caminho.

VII. O NACIONALISMO MÍSTICO

Se a exploração da via mística teria suas manifestações primeiras situadas por volta de 1915, não se sabe se ela se rarefez com o tempo ou não, por conta da profusão de dados datados e não datados deixados pelo poeta. Mas uma coisa é certa: essa via resultou na única obra inteira publicada pelo poeta: *Mensagem*.[1] Como obra completa, sua consistência e coesão programática, ela equivale ao *O Guardador de Rebanhos* visto no seu todo, exatamente como o poeta o deixara composto. Isso é notável, pois ambos resumem um conceito de poesia e um programa que, apesar de opostos, completam-se sobre um único e decisivo território: o da Utopia. Mas antes de chegar a esse ponto, convém retomar aqui algumas notas básicas a respeito da estrutura do livro cuja descrição, mesmo que breve, orientará para uma interpretação mais segura da obra.

Mensagem divide-se explicitamente em três grandes partes: "Brasão", "Mar Português" e "O Encoberto". A primeira tem como subtexto a história de Portugal, desde as origens até o grande momento das descobertas. Não se trata de uma história apologética, mas sim, do resultado de uma leitura que faz o poeta do sentido que o destino ou O Oculto deixou impresso em cada um dos personagens históricos descritos. A atenção toda do poeta está em alertar para o fato fundamental de que os momentos gloriosos vividos quando das Grandes Descobertas eram o sacrifício e a desgraça. Ponto culminante dessa trajetória seria Dom Sebastião, o último monarca da brilhante dinastia de Avis, morto do desastre de Alcácer Quibir no fim do século XVI. A partir daí Portugal viveria a vergonha do

---

[1] Cf. PESSOA, Fernando. *Mensagem* (ed. Fernando Cabral Martins). Lisboa: Assírio & Alvim, 1997.

domínio espanhol e um declínio moral que duraria séculos. Toda essa primeira parte pode ser resumida nos seguintes versos:

> *Os deuses vendem quando dão*
> *Compra-se a glória com desgraça.* (p. 71)

Em outros termos, os que são destinados à glória necessariamente têm de passar pela desgraça. A segunda parte formada de 12 poemas é toda ela consagrada ao grande espaço mítico que a cultura portuguesa consagrou, o Mar. Persegue ainda como uma fatalidade a contraposição entre Grandeza e Miséria, mas com um esclarecimento necessário: o Mar, ao mesmo tempo que é o espaço físico, é o signo palpável de um outro espaço a que o poeta denominaria Mar Universal.

Reforça-se assim o caráter místico da trajetória do livro, com a certeza de que os olhos do poeta se voltam para um destino que se situa além da História. Notável é observar-se que justamente quando se explora o grande espaço português, motivo de conquistas e orgulhos, é aí que se aprofunda o sentimento da Utopia e o que os astros parecem cobrar para que ela se cumpra. Leiam-se alguns versos como:

> *E ao imenso e possível oceano*
> *Ensinam estas Quinas, que aqui vês,*
> *Que o mar com fim será grego ou romano:*
> *O mar sem fim é português.* (p. 79)

Ou:

> *Ó mar salgado, quanto do teu sal*
> *São lágrimas de Portugal!* (p. 82)

Um poema quase ao fim dessa parte merece uma referência especial. Chama-se "A última nau" e tem como fito o desaparecimento de Dom Sebastião que nela teria partido, simbolicamente.

Seu retorno é profetizado como um retorno para a redenção da desgraça portuguesa:

> *Não sei a hora, mas sei que há a hora,*
> *Demore-a Deus, chame-lhe a alma embora*
> *Mistério.*
> *Surges ao sol em mim, e a névoa finda:*
> *A mesma, e trazes o pendão ainda*
> *Do Império.* (p. 82)

Esse poema é fundamental para justificar a conjunção de papéis que foi indicada, na parte precedente, entre poeta e profeta, poesia e profecia. A antevisão do retorno do Rei Menino se justifica pelo papel que o sujeito do poema atribui a si e que está claramente enunciado nos versos imediatamente anteriores:

> *Deus guarda o corpo e a forma do futuro,*
> *Mas Sua luz projecta-o, sonho escuro*
> *E breve.* (p. 82)

(Esse sonho escuro e breve é o que o poeta profeta consegue capturar e enunciar.)

> *Ah, quanto mais ao povo a alma falta,*
> *Mais a minha alma atlântica se exalta*
> *E entorna,*
> *E em mim, num mar que não tem tempo ou 'spaço*
> *Vejo entre cerração teu vulto baço*
> *Que torna.* (p. 82)

Ficam dados os elementos que justificam o caráter iminentemente ocultista da terceira parte dedicada ao Encoberto, mito ibérico de fins da Idade Média, que viria numa manhã de névoa para a instauração de uma era de alta espiritualidade. Esse mito teve importância em Portugal desde que um sapateiro de nome Gomes Eanes Bandarra teria escrito uma obscuro texto profetizando a próxima vinda do Mito Redentor. Padre Vieira o teria, de certo modo, retomado na tentativa de captar na história a figura em que encarnaria aquele que viria redimir Portugal de sua história mais recente. Pessoa consagra-lhe a última parte de *Mensagem* e o poema que tem o seu nome é breve e indicativo dos fundamentos doutrinários do poeta naquele momento.

O Encoberto

Que símbolo fecundo
Vem na aurora ansiosa?
Na Cruz Morta do Mundo
A Vida, que é a Rosa.

Que símbolo divino
Traz o dia já visto?
Na Cruz, que é o Destino,
A Rosa, que é o Cristo.

Que símbolo final
Mostra o sol já desperto?
Na Cruz morta e fatal
A Rosa do Encoberto. (p. 86)

Na parte precedente o leitor teve oportunidade de conhecer um pouco da importância da doutrina dos Rosa-Cruzes para Pessoa e sobretudo foi informado das inúmeras tentativas de decifrar poeticamente o símbolo maior daquela sociedade. O poema transcrito reúne de uma só vez a interpretação iniciática e sacrificial que o poeta teria dado à Rosa Sobre a Cruz, ao mesmo tempo em que conjuga a Rosa, corpo símbolo do homem em sacrifício (Cristo), à figura do Encoberto que outro não é senão o Dom Sebastião que regressará a bordo da mesma nau que o levara.

VIII. OS DESASSOSSEGOS

O leitor poderia ser levado a admitir que Pessoa teria chegado ao fim da vida a uma espécie de tranquilização espiritual conquistada por essa via mística. Isto é falso. Um poema datado de 1935 demonstra sua descrença lúgubre na figura do Desejado. Mas também não é possível afirmar-se que morreu cético ou descrente. Atormentado talvez, tentando de certa forma integrar-se ao grande papel que parece ter sido o seu: um criador de mitos, um criador de pessoas, e sobretudo um criador de impossíveis caminhos para a salvação do homem.

Aqui, retorna-se ao início deste pequeno livro: o primeiro contato que foi propiciado ao leitor foi com aquela pessoa literária denominada Bernardo Soares, aquele que incorporava melhor o papel de criador dos próprios conviventes e que assumia em tempos lacunares o papel de discípulo modesto de Alberto Caeiro. A autoria do *Livro do Desassossego* foi lhe feita em nota do ano de 1927, inclusive apontando para a necessária adaptação ao perfil de Soares de textos escritos anteriormente.[1] Como o poeta não realizou a tarefa, o *Livro* ficou composto de uma parte seguramente atribuída ao Bernardo Soares de que já se falou aqui, e uma primeira parte bastante decadentista, mas não menos importante, atribuída a um heterônimo de feições vagas, o Vicente Guedes, dono de textos ao gosto decadentista-simbolista, mas de uma consistência espantosa do ponto de vista da reflexão sobre a existência.

Assinale-se aqui a celebração que ele faz da figura do Rei Luís II da Baviera por ocasião de sua morte e que, na interpretação de Guedes-Pessoa teria, tentado no luxo de seus desejos em vida

---

[1] Cf. OSAKABE, Haquira. "Os Vários Livros do Desassossego". *D. O. Leitura*. São Paulo: Imprensa Oficial. Parte I, Ano 18, n. 7, julho de 2000; Parte II, Ano 18, n. 8, agosto de 2000.

simplesmente manifestar o sentimento de inutilidade desta e o consequente apelo para o abismático e atraente nada que é a morte.[2] Ao mesmo heterônimo são atribuídos textos fundamentais para a compreensão do que Pessoa veria como uma saída (outra) para o mundo e que se sincretizaria numa hipotética estética da abdicação.

Pode-se dizer que o que Pessoa teria denominado como *Ficções do Interlúdio*, compondo o quadro do neopaganismo, ele estaria tentando fazer para escapar da febre niilista que caracterizaria a figura diáfana de Vicente Guedes, que jamais assumiria a aposta materialista-naturalista de Alberto Caeiro. Assim, foi ele desaparecendo dos escritos de Pessoa, dando lugar a vários fragmentos de apontamentos diaristas, até que aquela figura parecida com o poeta e também com Campos ganhasse corpo e vitalidade literária. De uma certa forma, pode-se dizer hoje que Bernardo Soares tenha sido o grande consolador de Pessoa, talvez sua alma gêmea, mas que aliava de modo consistente a lição do Mestre morto em 1915.

Menos estridente do que Campos, menos amargo do que Reis, solitário como o seu autor, Bernardo Soares, ao percorrer as populares ruas da Baixa na sua região menos nobre, dá a Pessoa uma lição de vida menos utópica. Ao criar os companheiros de trabalho e o patrão Vasques com quem convive pacificamente, Bernardo Soares aponta seguramente para uma via de despojamento que lhe franqueie o gosto pela banalidade, pelos cheiros acres dos armazéns, pelo forte odor da tempestade que molha as pedras da rua. Na verdade, Bernardo Soares sabiamente harmoniza ao naturalismo rural de Caeiro o naturalismo urbano de Cesário Verde. Esta criação derradeira é muito forte, mas também não pode ser considerada definitiva

---

[2] Cf. LOURENÇO, Eduardo. *Fernando Rei da Nossa Baviera*. Lisboa: Imprensa Nacional/Casa da Moeda. 1986. Como também os seus *Fernando Pessoa Revisitado*. 2. ed. Lisboa: Moraes Editores, 1981 e *Poesia e Metafísica. Camões, Antero, Pessoa*. Lisboa: Sá da Costa, 1983.

em Pessoa. O mesmo Soares escreverá na solidão de seu quarto, na própria Rua dos Douradores, páginas de inquietante intranquilidade.

Assim foi Pessoa.

50 DEPOIMENTOS SOBRE HAQUIRA

Quando digo que comecei a estudar a literatura portuguesa por causa de um japonês, ninguém entende. Só não costumo dizer que esse japonês teve uma babá baiana, de que não se esqueceu. Também não costumo dizer que, como tantos outros, fui estudante e fui ensinante na Unicamp por sua causa — causa de um professor. Silencioso, discreto, atento e esguio, seu vulto falta muito.

Adma Muhana

Haquira Osakabe foi a pessoa mais importante de minha vida intelectual. Nada que eu dissesse, aquém ou além dessa medida, poderia ser mais justo ou mais preciso a respeito do que ele significou (e ainda significa, copiosamente) para mim.

As aulas de Haquira, um dos fundadores do Instituto de Estudos da Linguagem da Unicamp, continuavam a se desdobrar em minha imaginação muito depois do fim das aulas. Foram elas que me levaram a pensar a linguagem como núcleo problematizador (mas nunca finalizador) de todas as minhas leituras, em algum lugar genérico entre a literatura e a filosofia, áreas que não distinguia e cujas obras lia com o mesmo tom, sentido e propósito.

Conheci Haquira em 1973, e em março de 1975 me tornei monitor de sua disciplina de Análise do Discurso, o que se repetiu durante os quatro semestres seguintes. Líamos Platão, Aristóteles, Arnault & Daniel, Pascal, Humboldt, Wittgenstein, Perelman, Benveniste, Vignaux, Gilson, Pêcheux, Barthes, Derrida, Deleuze, Foucault etc. Em parte, era leitura da moda que Haquira trazia na inevitável mala francesa de bolsista da época, hoje perdida e esquecida pelo caminho. Mas, de outra parte, era um elenco rigoroso que demandava compromisso intelectual sério, e não de ocasião; pluralista e internacional o bastante para manter a cabeça livre da patrulha que, em meados dos anos 70, ameaçava submeter a crítica literária do Brasil à hegemonia da socioteleologia do modernismo paulista.

Ao fim da graduação, tão somente para permanecer sob os domínios mentais do Haquira, prestei o concurso para a primeira turma de Mestrado no Departamento de Teoria Literária. Menos de um ano depois, em novembro de 1977, fui contratado como docente da Unicamp, muito provavelmente porque me vissem pelas lentes de aumento típicas da generosidade dele. E quando, em 1980, comecei a pensar em Vieira como objeto de minha tese de doutorado, foi porque Haquira me soprou essa ideia, requentou meu latim e leu Teologia Escolástica comigo.

Até o último dia em que o vi, na casa de Ribeirão, ainda mostrava a mesma vibração intensa para pensar. Estava magro, de pernas facilmente dobradas no sofá exíguo, e acutíssimo em observações sobre a literatura e o quanto a ela se opunha a estreiteza institucional.

Julgo útil deixar esse registro abreviado como testemunho do muito que lhe devo (e não importa o quanto eu me estendesse, seria sempre breve), mas também, e principalmente, como esperança de que ainda seja, em parte, memória do que fui à sombra dele.

Alcir Pécora

Lembro-me das reuniões que nós, orientandos, tínhamos com o Haquira, em sua casa em Campinas e, mais tarde, em sua sala na Unicamp. Eram encontros em que transpareciam seu amor à literatura e seu rigor com o trabalho acadêmico. Mesmo quando no exterior, nunca deixou de acompanhar o andamento das nossas pesquisas. Mesmo fisicamente debilitado, terminou de revisar minha tese uma semana antes de sua partida, em 13/5/2008, sem deixar de montar a banca examinadora, com o cuidado de escolher professores com sensibilidade para compreender nosso trabalho — que versava sobre psicografia (uma "batata quente", dizia).

Alexandre Caroli Rocha

Tive o privilégio de conviver com Haquira Osakabe nos anos em que fomos companheiros no Conselho Editorial da Coleção Ensaios da Ática. Sempre admirei o seu agudo discernimento na apreciação dos originais, em geral, teses acadêmicas, que deveríamos julgar e, em caso favorável, encaminhar para a publicação. Mas minha estima ia além da admiração intelectual: havia nele um alto grau de simpatia humana e de benevolência incomuns naqueles a quem se atribui a função de juízes particularmente no meio universitário. Essa disposição de compreender antes de opinar foi o traço que me ficou do convívio com Haquira, lição que espero jamais esquecer.

Alfredo Bosi

Como acredito que cada um é seu próprio mestre, tenho enorme dificuldade de nomear alguém dessa forma, mas com Haquira Osakabe era muito fácil.

Primeiro porque era um mestre na arte da amizade, pela atenção respeitosa e generosa que ele nos dedicava.

Depois, mas não menos importante, porque sabia muito e falava pouco. Mas quando falava dizia tudo e além, em poucas palavras.

Em seguida, e talvez principalmente, pelo desapego espontâneo que o constituia e fazia dele uma pessoa totalmente zen. Em especial por nunca ter se autodenominado assim.

Por fim, por sua grandiosidade de espírito que era tal e tanta, que mesmo ao sentirmos saudades, o sentimento vem envolto na alegria de tê-lo conhecido.

Alice Ruiz S

HAQUIRA NA CHINA

Gosto de pensar, para consolo de saudades inconsoláveis, que as pessoas mortas não morreram de fato, mas se foram, equivocada e apressadamente, para a China. A China de um imaginário mais livre, nem sempre verificável em enciclopédias, virtuais ou impressas. Aquela a que se chegava se se cavasse um buraco bem fundo! As pessoas chegam para uma estada para a qual não se prepararam, não trouxeram mala, bagagem de mão, documentos, nada. Tudo se complica ainda mais por não saberem a língua e não conseguirem ler as instruções para fazer uma ligação a cobrar e avisar os amigos e familiares desse súbito e inesperado — sequer desejado — turismo. Claro está que este exercício criativo, de raiz cortaziana, a depender do protagonista, pode levar a situações angustiantes fora do nosso controle para resolvê-las ou amenizá-las.

Não é o caso do Haquira, vocacionado para aventuras de cunho literário mas não só. Chegado à China ele procuraria se lembrar de como viera ali parar, atribuindo à sua proverbial distração não ter se dado conta de que tinha planejado aquela viagem sem a chatice das malas. Resolvidas com criatividade — e alguns transtornos — as comezinhas preocupações de ordem prática, Haquira já conhece pessoas interessantes, já se desloca de bicicleta, já troca receitas durante a viagem que faz a províncias distantes. É tudo tão engraçado, tão surpreendente que ele quer contar ao Zé Miguel, à Maria Lúcia. Quer pedir-lhes que recebam e ciceroneiem a filha do embaixador que ora vai para o Brasil. Embora não tenha problemas com o câmbio de moedas e já consiga acertar tons e semitons para não dizer formiga quando quer dizer flor de lótus, os telefonemas não podem acontecer, Haquira não se lembra dos códigos de área ou da ordem dos números, não trouxe consigo a agenda de endereços. Ah, que pena! Gostava tanto de contar dos estranhamentos, das associações livres entre as versões do ciclo arturiano e outras sagas chinesas do mesmo período! Gostava de convocar os para-sempre-orientandos para compartilharem as novas sabedorias. Haquira ri sozinho, porque esta é uma das suas virtudes, saber rir de si próprio. Fica adiada a conversa para quando ficar pronta a tradução de alguns poemas de Fernando Pessoa para o mandarim, pois já conseguiu seduzir seus ouvintes da urgência em fazê-lo. Vai ser uma surpresa! Sabe-se lá o que acontecerá depois do curso sobre a poesia satânica do Mendes Leal, com referências ao *Mandarim* do Eça.

Haquira constata que Saramago tinha razão quando faz Pessoa revelar que não se pode ler quando se está morto. Não precisa da leitura, tudo que leu ficou-lhe numa surpreendente memória literária. Mas as sábias e queridas irmãs, mais que sábias, espertíssimas, adivinhando que ele estava partindo para mais uma viagem, colocaram-lhe no bolso os óculos. Com eles Haquira pode apreciar minúsculas pinturas feitas em grão de arroz, o voo dos pássaros ao raiar do dia. E o que mais gosta de fazer: ver e rever os filmes de Ozu, Kurosawa, Ishikawa e outros cuja existência ignoramos. Parece incrível, mas em plena China já formou um cineclube de cinema japonês!

Telefona, Haquira!

Anamaria Filizola

Elias Canetti diz que "podem chamar-se amigos apenas aqueles que descobrem quantos anos têm pela frente e então os repartem". Entretanto, quanto mais velho se fica, mais essa esperança de equilíbrio é traída. A contradição entre o desejo de sobreviver e a experiência da perda (dos pais, mulheres, maridos, amigos, filhos) só pode, afinal, ser apaziguada com todos os meios de representação e memória, que tornam o sobrevivente um companheiro dos mortos, alguém que restou e que tem que suportar e superar a perda de um presente comum. Não é nada fácil carregar os mortos e sinto falta do Haquira, a quem conheci quando éramos alunos de Letras da USP e de quem fui amiga por muitos anos.

Berta Waldman

A primeira imagem, em um fim de tarde, talvez em 1975, é a de um samurai que assistia ao *Evangelho segundo São Mateus* de Pasolini no Cine Sesc, na Rua Augusta. Algum tempo depois, quando já o conhecia melhor, fiquei sabendo que aquela teria sido a quadragésima vez que Haquira via o filme. Talvez esse não tenha sido nosso primeiro encontro. Houve uma sala de espera na Vila Madalena antes disso. Um tempo depois, 1980 provavelmente, retive algum resto de conversa, um fragmento que fez sua passagem por Roma soar como uma espécie de missão: evitar que eu cogitasse em não voltar para o Brasil (antes, nessa mesma viagem, ele fora resgatar o Michel que estacionara em Paris). Me lembro também de uma carta escrita para ele da Itália. Eu propunha um exercício mais interpretativo do que de adivinhação: o que teria sido de Pasolini se estivesse vivo nos anos 80? Para mim iria se sentir muito pior do que já se sentia nos 70; Haquira acreditava que teria sabido responder aos tempos novos. Tenho no fundo da memória a cena de nós dois em um restaurante japonês na Liberdade, meu primeiro restaurante japonês, sem dúvida. Certa vez fizemos — incluía o Michel — uma viagem para Diamantina em pleno carnaval e os únicos que pareciam realmente fantasiados era o nosso trio. Em casa guardo alguns presentes que me deu: uma máscara muito colorida em papel arroz que está emoldurada, na parede; uma vela verde no formato de um velho oriental; um conjunto de quatro pratinhos e um pequeno bule, em louça azul e branca; um par de pauzinhos de madeira que sempre oscilei em considerá-los meros hashis ou presilhas para os cabelos longos como os da japonesa desenhada em uma das pontas; um livro português — *Poética dos cinco sentidos,* inspirado na tapeçaria "La Dame à la licorne". Na sala da minha casa, no lugar das fotos, mantenho uma linda fotografia que não foi presente do Haquira, mas sim do Eric: no plano de fundo há uma majestosa serra; bem no centro da imagem, o Haquira, sozinho, com frio, rodeado por um mato amarelado e seco; a mão segura uma flor que é levada ao nariz e lá ficou.

Betania Amoroso

Os lugares que visitei durante as minhas várias andanças em São Paulo com Haquira — restaurantes japoneses do bairro Liberdade, o cinema multiplex onde assistimos ao filme "Amarelo Manga", os jardins da Pinacoteca — ficam, para mim, espaços nos quais parece que ele vai se manifestar a qualquer hora. Tem lugares onde caminhamos juntos aqui em Berkeley que me dão a mesma sensação, menos de saudade do que de uma insistente plenitude. Acho que Haquira tinha o dom da generosidade — algo que não se dissipa mas que se multiplica como uma insistente luz que fica suspensa no ar.

Não encontro nos supostos equivalentes portugueses — "brilhar", "cintilar", "tremeluzir" — uma palavra igual ao "shimmer" em inglês. Mas tenho certeza absoluta que algo de Haquira ainda *shimmers* não só nos lugares por onde eu e ele caminhamos mas também nestes escritos que ficaram para todos.

Candace Slater

Haquira Osakabe foi meu aluno na minha primeira turma da velha Faculdade de Filosofia, Ciências e Letras da USP, em 1965. Escreveu um trabalho de aproveitamento sobre um poema de Juan Ramón Jiménez; logo depois, sobre outro, de Antonio Machado. Na conversa que se seguiu ao comentário que fiz por escrito de seus textos, percebi que atrás dos olhos oblíquos, sob a fala mansa e pausada, guardava a flor de um mistério. Um indecifrável monge budista? Um paciente calígrafo oriental? Um preciso pintor de porcelana chim? Os anos e a convivência revelaram seu dom da amizade: a lealdade inquebrantável, a política seletiva de biombos, mas o confessionário aberto a todos os ventos, o conselheiro afável vindo de outras eras, sempre pronto para a escuta dos amigos e as conspirações contra a ditadura. A conversa se prolongou vida afora; entrelaçou-se à de muitos outros companheiros de geração, como foi o caso de Orides Fontela, cujo valor reconheceu logo, servindo-a feito um príncipe e amparando-a na intimidade. Observei à distância seu longo circunlóquio pela linguística; vi, porém, com bons olhos seu retorno à literatura: a redescoberta do múltiplo Pessoa, poço sem fundo em que mergulhou e de onde parece emergir agora — segundo me contam — em meio às estrelas.

Davi Arrigucci Jr.

Dizer algo sobre Haquira...

Mas como? Como é possível falar sobre um grande mestre, um grande amigo?

Tudo o que se possa dizer é inevitavelmente insuficiente e todas as palavras vácuas. Como é possível dizer o quanto um simples e pacato professor de Literatura nos pôde ensinar tanto sobre o mundo, a vida, nós próprios? Como podemos descrever a forma como singelamente nos guiava até ultrapassarmos os limites das nossas capacidades? Todos nós que tivemos o privilégio de ter conhecido Haquira, sabemos que por ele e através dele algo em nós foi permanentemente alterado, que ficamos mais ricos, mais íntegros, mais gente. Conhecer Haquira era mais ou menos assim como ter um anjo protetor que nos tocava e diluía todas as energias negativas que nos rodeavam e nos libertava das nossas ansiedades mesquinhas. Estudar literatura com Haquira foi um dos grandes privilégios da minha vida, uma experiência incomparável e extremamente enriquecedora. A sua capacidade linguística e a sua sensibilidade poética eram sublimes, e o seu poder de comunicação inigualável. Com Haquira aprendi a amar Agustina e descobri os segredos e os enigmas de Pessoa, e foi também Haquira que me ensinou que o professor não se impõe, dá-se, e que o conhecimento não é uma possessão mas uma partilha que só pode aumentar quando flui e se derrama livremente.

Possivelmente, o único que se pode dizer é que o tempo que passou conosco, entre nós, soube a pouco, a muito pouco. Resta-nos a saudade desses momentos e a certeza que esteja onde estiver desde os confins do espaço infinito, Haquira continua a zelar por nós e naqueles momentos mais constringentes se prestarmos atenção, ainda conseguimos ouvir a sua voz calma e tranquilizante sussurrar-nos ao ouvido — Não se preocupe querida, eu dou um jeito!

Obrigado Mestre, obrigado Amigo, até sempre...

Deolinda Adão

O que sempre admirei no Haquira era a sua profunda sensibilidade, verdadeira concentração de emoções, coexistindo, lado a lado, com uma clara racionalidade, objetividade. O equilíbrio dessas duas forças tornava-o capaz de avançar sempre, de liderar, de aconselhar, de consolar. Saudades.

Enid Yatsouda

Em sala de aula, quando o Haquira nos lia um poema, sua voz e os seus breves silêncios nos ensinavam uma aproximação, sem grandes defesas, da experiência poética que ali se vislumbrava. Antes de tudo, sua presença nos transmitia uma abertura corajosa para o texto literário. Com movimentos sutis de dedos e palavras, encaminhava uma análise que sempre teve o dom de ser tão rigorosa quanto humanizadora. "Entre almas e estrelas" foi um dos títulos que, em 1999, Haquira pensava em escolher para o seu primeiro livro sobre Pessoa. É desse lugar que sua presença se refaz quando ainda o escuto a cada linha de sua escrita.

Erich Soares Nogueira

Bristol, 2000. Milênio a começar, Haquira e seus afilhados flanam por horas pelos parques sempre verdes, rios e desfiladeiros com nomes celtas: Avon Gorge. Ponte suspensa vitoriana, Downs e colinas, e, no bairro vizinho, a casa preservada onde outro português, Eça, vivera como cônsul por 10 anos. Evocações, ali, de amizade de mais de 30 anos, de Ribeirão, São Paulo, Washington, Diamantina e Araraquara (1967), de mitos arturianos, de princesa morta: dama que jaz na ilha dentro do lago, Pessoa desassossegado, brotando. Evocações, hoje permanentes. Saudades.

Ester Scarpa (Teté)

Morre jovem o que os Deuses amam, é um preceito da sabedoria antiga. Quando recebi o convite da Maria Lúcia para falar do Haquira, foram as belíssimas palavras que Fernando Pessoa dedicou ao seu amigo Mário de Sá-Carneiro, que me vieram à mente. Conheci Haquira no curso de Letras da Unicamp. Fui sua aluna de Literatura Portuguesa 4, mas antes disso já o conhecia, por sua ligação de orientação de vários amigos e companheiro que tinha então. Aproximei-me dele, timidamente, afinal Haquira já pertencia a outras pessoas e eu me sentia uma intrusa que também queria partilhar da sua presença. Foi com ele, sob sua orientação, que esbocei o meu projeto de mestrado. Entretanto, ele só foi meu orientador no doutorado. Lembro-me com saudades das reuniões na casa dele, uma vez por mês, em fins de semana. Formávamos um grupo de orientandas que estavam vinculadas a várias universidades fora de Campinas. Renata, Patrícia, Anamaria e eu. E era na sua casa, na Rua Amélia Bueno, com refeições preparadas por ele próprio, que éramos acolhidas.

Haquira nos deixou jovem, mas permanece vivo em nossa memória. Os textos que vêm à público graças ao empenho de Maria Lúcia, lembram-nos o intelectual sensível que nós perdemos, são justa homenagem a alguém tão discreto na vida acadêmica e pessoal. Mas o Haquira que pertence a cada um de nós, pela memória que guardamos dele, este permanece, e é com os versos que Pessoa dedica a Sá-Carneiro que termino o meu breve depoimento:

> *Porque há em nós, por mais que consigamos*
> *Ser nós mesmos a sós sem nostalgia,*
> *Um desejo de termos companhia —*
> *O amigo como esse que a falar amamos.*

Fátima Bueno

Conheci Haquira quando fui seu aluno na Unicamp, nos anos 1980. O que sempre me fez admirá-lo era a capacidade de se manter ao largo das modas, seja no ambiente acadêmico ou no plano estético. Tinha suas convicções, mas com o espírito aberto. Foi assim desde os tempos de formação, quando se dedicou a desmontar o discurso de Getúlio Vargas; e depois, ao enveredar pelos caminhos literários de muitos autores, com ênfase na dupla de Pessoa e Sá-Carneiro.

Tenho impressão de que Haquira sempre se guiou pelas afinidades mais fundas como bússola para as suas escolhas e temas. Em contrapartida, mantinha um rigor e uma sobriedade de escrita que vigiava ao extremo. Alguns de seus escritos ficaram na gaveta por anos, verdadeiro processo alquímico de sedimentação. Para o bem dos seus leitores.

Fernando Paixão

DOSIMETRIAS DA FALTA

Números não mentem
não batem tampouco
Servos da verdade iluso-partida
calibram penas de corpos ausentes
abatem anos de sentenças somadas
Bastariam apenas para e se.

Sombras todavia persistem
dosimilimétricas em sua terrível infinitude
na falta daquele doloso córrego lento
Palavras com que Samuraï nos divertia
em antigas artes de doces mentiras.

Francisco Foot Hardman

Éramos uma geração de sonhadores. Tínhamos crescido no período da ditaduta e chegávamos na Unicamp no início da década de 1980. Queríamos fazer uma revolução, mas não sabíamos qual. Lá estava Haquira, com sua vasta erudição.

Tratava-nos como iguais e ouvia-nos com atenção, tolerância e generosidade. Mais tarde, como amigo, aprendi com ele muito sobre ética, fidelidade, justiça e ainda tento imitar seu modo agudo e ironicamente refinado de olhar o mundo. Saudades de você, Haquira, e de nossos sonhos coletivos.

Helder Garmes

A CASA DAS JABUTICABAS

Há mais de vinte anos, quando o Haquira e eu ainda só nos conhecíamos de encontros ocasionais em colóquios e congressos, fui passar uns tempos mais largos como professor visitante em Campinas e São Paulo (ou seja, alternando entre a Unicamp e a USP). O Haquira ofereceu-me a sua casa. Ele próprio iria lecionar nos EUA depois dos meus primeiros quinze dias, mas a casa lá estaria para ser usada e vivida com a sua vasta biblioteca, uma árvore de jabuticabas, e uma velha senhora muito velha que vinha duas vezes por semana para as arrumações. A inquieta dona de tempo antigo desarrumava mais do que arrumava, o Haquira avisou, mas ficaria triste se não viesse colher jabuticabas.

Haquira sabia habitar o caos, tinha o sossego da mais profunda inquietação. Padecia, disse-me, do "síndrome do pânico", coisa de que eu nunca ouvira falar mas que dita assim, na sua voz pausada e calma, conjurava as correntes ocultas de um primevo mar sem praias. Tínhamos gostos literários semelhantes de modo que, nessas duas semanas partilhadas, os livros que fui encontrado nas estantes tornaram-se num modo de falarmos de nós próprios sem que fosse necessário dizê-lo.

Há um que desde então associo a esse tempo, embora só o tivesse lido quando o Haquira já não estava. Ou, mais propriamente, relido em sua casa como se fosse pela primeira vez, sob a aura presente de uma hospitalidade mantida na ausência: o

Dinis e Isabel do António Patrício, um sensualista enamorado pela morte. Nesse drama — ou "vitral", como o autor o designa — o milagre das rosas desencadeia o ciúme de Dom Dinis contra o Deus que lhe usurpou a sua amada Dona Isabel, santificando-a. Percebi, sem que o Haquira me tivesse explicado: Deus é o amor da morte, o nome inominável do desejo, o síndrome do pânico. Percebi também que o Haquira era um místico sem fé. E ele agora continua sendo para mim uma presença na ausência. Como havia sido na casa que partilhamos.

Helder Macedo

Haquira era uma pessoa amorável: aquela que se ama à primeira vista e este amor fica para sempre.

Iná Camargo Costa

UM MESTRE DE MEMÓRIA EXEMPLAR

Como Fernando Pessoa, Haquira Osakabe sabia que todo o amor é póstumo; enquanto o vivemos tem a impiedade do sol, que tudo mostra, ou seja, tudo esconde. Sob o manto da palavra escrita, noite silenciosa, o amor revela o seu brilho magnético e o seu trajeto de inamovíveis acontecimentos. Quando falamos dos nossos mortos, usamos as palavras como lençóis ou bandeiras em que todos se assemelham — bons, bravos, inteligentes, tão comuns na imortalidade que nada os distingue. É útil o ritual desta lembrança: dá-nos a ver que os mortos não têm cor, nem raça, nem classe social, nenhuma dessas grilhetas que tanto nos tolhem os passos da vida. As palavras de Pessoa atraíram o pensamento de Haquira porque ambos souberam manter essa inocência feroz da infância que caça a verdade e a mentira dos seres ao primeiro olhar. É essa a matéria da grande arte, qualquer que ela seja.

Quando evocamos esses que nos fazem falta no mudo desamparo das nossas almas de vivos, desdobramos os panos oficiosos e vemo-los fracos, humanos como foram, dobrados a trabalhos e vênias, sofrendo de ciúmes e invejas, sonhando em itálico, como se fossem eternos. Assim os evocamos na noite e no silêncio: pessoas frágeis tropeçando e caindo, enganando-se, sofrendo e perseverando. É essa a sabedoria que eles nos oferecem: o conhecimento da vida desperdiçada, a evidência do vão combate. Por isso são anjos, seres humanos que sobrevoam cada um de nós, secando-nos as lágrimas e sacudindo-nos a cobardia, e não santos capazes de nos falar do alto das nuvens, ou de nos abraçar em cordas de chuva.

Haquira é aquele dos meus mortos que é santo, isto é, um mestre de memória exemplar. O seu nome abre-se em prece ou consolação. Dedicou toda a sua existência ao essencial: a descoberta do sentido particular de cada obra ou pessoa. Conduziu inúmeros jovens aos textos que os salvariam. O amor. Aplicou à doença a disciplina de serenidade que escolhera para a vida. Arrumou os papéis, despediu-se de cada um dos seus vivos sem jamais lhes dizer adeus, escrevendo a cada um as palavras exatas que lhes sabia em falta, e preparando-se para continuar a escrevê--las, através das estrelas das noites infinitas de cada um de nós.

Era um homem do sim, os nãos que tivesse de pronunciar transformá-los-ia em caminhos de outros sins. Quando tomo consciência de que Haquira não está aqui, ele reaparece — alto, aparentemente sereno, com aquele sorriso de meia-lua próprio do japonês que era e não era, porque Haquira era tudo ao mesmo tempo, de uma forma concentrada. Aliás, ele ainda não saiu daqui, não sairá jamais. Apenas deixei de poder falar com ele ao telefone e por e-mail. Terei que encontrar formas de contacto mais subtis — é esse o aperfeiçoamento extra que ele me pede, a mim que não sou exatamente a rainha da subtileza. Nem pouco mais ou menos. Na verdade, Haquira, à semelhança de Pessoa, não nos pedia nada, a não ser que aceitássemos cumprir até ao fim aquilo que éramos. E eu, segundo o seu *I Ching*, pertencia ao bando dos arruaceiros, que levantam os vento e as folhas — um bando a que uma parte de Haquira também pertencia, enquanto a outra contemplava as folhas tocadas pelo vento.

Sei que tenho de honrar Haquira sendo o melhor de mim; ele foi sempre, com um perfeccionismo simples, o melhor de si. O abraço que não dei a Haquira, recebê-lo-ão outros que, assim, serão Haquira também. Os vivos são telas cubistas dos mortos que amamos — e os fragmentos que os compõem são unidos pelo nosso silêncio, pela nossa morte ambulante, impúdica, real, excessivamente forte para ser dita.

Enquanto, lá longe, no Brasil, em Ribeirão Preto, Haquira lutava silenciosamente contra a doença, eu espalhava fotografias dele pela minha casa, em Lisboa. Como se esses dias luminosos de Berkeley, onde nos conhecemos, em 2005, ou de Los Angeles, que conheci ao seu lado, guiada por ele, nessa mesma época, pudessem voltar através do sortilégio da imagem. Já não pudemos reencontrar-nos em Lisboa, como queríamos, com o pretexto Pessoa, manuscrito incessantemente aberto a todos os desassossegos.

Haquira foi homenageado no I Congresso Internacional organizado pela Casa Fernando Pessoa, em Novembro de 2008, através da voz de Maria Lúcia Dal Farra que, além de professora e ensaísta, é também uma poeta inspirada. O seu livro *Alumbramentos* inclui um poema dedicado a Haquira, que se chama *Triunfo da Vida*: "O fósforo das estrelas acende rápido a noite./ Quente é o aroma do jardim/ convocando o cio. (...) Cada qual/ (a seu modo)/ todos burlamos o desconforme da morte". Maria Lúcia, como Haquira, tem o dom da exatidão. Não há outro, e o seu nome original é amor.

Inês Pedrosa

Não conheço quem tenha entrado em contato com Haquira que não admirasse sua alta capacidade intelectual e sua integridade, discrição, modéstia e generosidade.

João Almino

Para o Haquira

Foi um fone-recado ouvido num orelhão numa rua de São Paulo que me trouxe pela primeira vez a presença de Haquira em minha vida. Havia naquela atenção rara que se revelava ao me ligar e interessar-se em me conhecer uma conspiração de tantas alianças e amizades ao longo dos tempos, que recebi o recado daquele desconhecido, referido por tantos conhecidos, como uma profecia enigmática. Aquela pessoa que não conhecia aparecia na minha vida, trazido de um universo de espantosa confiança e fidelidade, que imediatamente reconheci e saudei embora não soubesse o que saudava e em que círculo era recebido.

Haquira tinha algo de um embaixador do humano pela maneira com que cuidava das questões fundamentais: a mística, a política, a poesia — sem qualquer hierarquia entre elas — como uma etiqueta fundamental. Talvez o que ele visse em comum nelas, ou o que havia de comum no seu modo de tratar coisas aparentemente tão díspares, na verdade variações da mesma coisa, fosse uma espécie de forma, sem formalismo ou formalidade, que se explicava por um recuo de silêncio com que envolvia cada posição tomada, que envolvia cada uma dessas questões, que mereciam dele a cada vez a sua atenção única e não dividida. Sobre a política, havia em seu modo de compreendê-la a implicação de uma ética clara de conduta, em que se embutia a questão social em larga escala e a política das pessoas, com um faro brutal e cortante para surgimento mesmo improvável da politicagem. Surpreendia em quem conhecia a sua placidez o momento em que irrompia nela uma crispação terrível e violenta de Samurai contra o enfraquecimento dos paradigmas essenciais na política das pessoas, apequenada pela mesquinharia e os interesses do eu. Dedicado a cada face do drama do humano, envolveu-se em muitas lutas, cuidando dos vivos e dos mortos. Tudo isso certamente lhe tirou tempo para escrever seus textos, sempre raros e preciosos, e sempre atrasados com relação ao cronograma dos vivos, mas pontuais com relação ao dos mortos, que era o que provavelmente importava.

Nunca fui seu aluno, embora sinta como se tivesse sido aluno seu de uma disciplina de humanidades, num sentido novo, indisciplinado e desconhecido, sem dúvida inumano, e no entanto tão rigorosamente conhecido. Com ele descobri um modo novo e único de fidelidade ao essencial. Que nos devemos isso, e não menos, essa tarefa de sermos fiéis a uma exigência, às vezes, quase sempre difícil, que se percebe numa visão sempre superior da vida e das pessoas. Havia em Haquira um certo elitismo que estranharia a um incauto, que espantava em alguém tão comprometido com as diversas formas da justiça, e que estava ligado a essa perspectiva superior sobre a vida e as pessoas. Uma bondade de que se retirava o eu, achada num confronto profundo com o eu, para com as pessoas que ele cativava — inúmeras e vindas dos mais diversos pontos do espectro geográfico e social — pela acuidade de escuta e acerto da mirada. Uma frase enigmática, que se prestava a diversas interpretações. E subitamente uma gargalhada irrompia o silêncio que soava tão alto quando estava em sua companhia.

É esse silêncio que não tinha nada de esquivo, mas que revelava um enfrentamento com o que há de mais importante e único na vida que me parecia a sua lição mais importante, que eu entendia sem entender e que ele me dizia sem me dizer. É sobre esse silêncio que sempre ainda me debruço pedindo-lhe conselho, lembrando de uma ou outra frase, uma fresta de olhar, aquela risada repentina, tentando decifrar o recado. É esse silêncio que depois se fundiu nesse outro de que falamos todos aqui, que era — só me dou conta disso agora — o meio em que sempre viveu, mesmo e sobretudo quando vivia entre nós.

João Camillo Penna

CARO *JAPORUNGA*:

No começo da minha pesquisa sobre a presença asiática na literatura e cultura da América Latina, achei um livro que iluminou o meu caminho. Foi a *Antologia da Poesia Nikkei* editada pelo Haquira. Jamais imaginei que aquela pessoa ia passar um tempo em Berkeley e que teria um efeito tão grande na minha carreira e na minha vida. A primeira vez que conheci o Haquira foi no corredor do Departamento de Espanhol e Português. Já sabia que ele ia vir, mas não tinha ideia de que tipo de pessoa ia aparecer. O Haquira que conheci no início era uma pessoa um pouco tímida e muito humilde. A minha impressão mudou aos poucos e senti uma conexão muito profunda com ele. Não só era Nikkei da segunda geração, mas também amava a literatura e tinha interesse na produção cultural dos Nikkeis na América Latina. Além disso, ele me oferecia um modelo como acadêmico e também tinha as respostas às minhas perguntas sobre a identidade Nikkei, sobre a estética japonesa, sobre a literatura em geral, e sobre a vida.

Aprendi um monte de coisa do Haquira e comecei a vê-lo como parte de mim: um pai, um tio, um amigo. Ele me apoiou nos estudos da pós-graduação, me recebeu como seu filho na minha visita ao Brasil, e tive a sorte de conversar longas horas com ele por telefone e por e-mail. Da nossa amizade nasceram muito boas lembranças e eu sabia que sempre podia depender do Haquira para qualquer coisa. Através do Haquira, também conheci muitas pessoas e amigos que ainda hoje ficam perto do meu coração.

É muito triste, sim, ficar sem uma pessoa tão importante na minha vida; ficar sem uma parte de mim. Mas eu sei que ele está perto de mim, como um anjo da guarda. De maneira que estas não são palavras de despedida. É um desejo duma boa viagem.

Quero lhe dedicar o seguinte poema em espanhol. É dum poeta Nikkei peruano, José Watanabe. Eu acho que o Haquira já o conheceu na viagem.

El guardián del hielo

Y coincidimos en el terral
el heladero con su carretilla averiada
y yo
que corría tras los pájaros huidos del fuego
de zafra.
También coincidió el sol.
En esa situación cómo negarse a un favor llano:
el heladero me pidió cuidar su efímero hielo.

Oh cuidar lo fugaz bajo el sol...

El hielo empezó a derretirse
bajo mi sombra, tan desesperada
como inútil.
   Diluyéndose
dibujaba seres esbeltos y primordiales
que sólo un instante tenían firmeza
de cristal de cuarzo
y enseguida eran formas puras
como de montaña o planeta
que se devasta.

No se puede amar lo que tan rápido fuga.

Ama rápido, me dijo el sol.
Y así aprendí, en su ardiente y perverso reino,
a cumplir con la vida:
yo soy el guardián del hielo.

É para você, caro *sensei*, de outro *japorunga* que por enquanto fica.

California State University Fullerton, 24 de junho, 2008.

*

O meu pai brasileiro; o *Japorunga*; o Haquira dos sapatos brancos. Se for verdade o que Forrest Gump disse, dá para saber da pureza da sua alma. Se é Portugal o rosto que "Fita, com olhar sphyngico e fatal,/ O Occidente, futuro do passado", é o Haquira que avista. Ele me deu o português da poesia, e ainda continua seu ensino. Agora depois de cinco anos, começo a compreender o verdadeiro significado de "saudade".

10 de outubro de 2012
Juan Ryusuke Ishikawa

Celebro o achado do extraordinário manuscrito de Haquira Osakabe sobre Fernando Pessoa. Fui amigo e colega de Haquira na Universidade da Califórnia, Berkeley, onde também tive o privilégio de ser seu aluno durante uma de suas estadias californianas como Professor Visitante. Assisti por várias semanas a um de seus cursos. Foi um seminário sobre o complexo mundo de Pessoa, que Haquira apresentou para um pequeno grupo de alunos de graduação e pós-graduação na primavera de 2006.

Durante aquelas semanas pude admirar em primeira mão a presença generosa que sustentava a prática docente desse grande mestre. Essa presença tinha a ver com a ampla e aguda erudição que compartilhava com suas classes. E também com os mundos remotos que se conjugavam em sua voz. Não me refiro somente aos mundos de seu passado. Sua voz dispunha a tessitura sonora dos enlaces afetivos e os diálogos frequentemente inesperados que promovia entre seus alunos e interlocutores. Haquira era um cartógrafo de diálogos e amizades do porvir. Encarnava o potencial da amizade. Era um arquiamigo, capaz de transformar o mais distraído dos viajantes em um mensageiro de algo cujo sentido ainda não nos era claro. Sigo viajando com o mapa com que ele me presenteou.

Julio Ramos

Inteligência, competência, honestidade, seriedade, sensibilidade, solidariedade, engajamento, firmeza, serenidade, são qualidades evidenciadas por Haquira Osakabe, como pude constatar ao longo da nossa convivência de amigos e colegas. Tais qualidades marcaram também o intelectual militante. Três momentos são exemplares:

1968 - Assembleia de alunos na Maria Antonia: Debate acirrado sobre os rumos do movimento estudantil: Haquira ouvia, com paciência crítica. Eu discuti, argumentei, gritei e quis sair. Ele disse: "não! agora você tem que ficar para ouvir a resposta." Fiquei... e nunca mais pensei em sair antes.

1988 - Luiza Erundina ganha as eleições para prefeita de São Paulo. Haquira me convoca para almoçar, lançando o desafio: "agora temos que ajudar". Desde o final dos anos 70, trabalhávamos junto às associações docentes, na defesa do ensino da língua e da literatura, ou, parodiando um de seus últimos títulos, da poesia contra a indiferença. Juntamo-nos, então, com outros colegas da PUC, USP e Unicamp, para assessorar os projetos pioneiros de Paulo Freire, na Educação, e de Marilena Chauí, na Cultura.

2006 - Último encontro, na casa de amigos, que nos convidaram a ouvir — juntamente com um grupo maior de cidadãos e cidadãs, partidários de um outro Brasil possível —, os esclarecimentos do então candidato a deputado federal, José Genoino, sobre o seu suposto envolvimento no chamado escândalo do mensalão. Haquira já estava doente. Mesmo assim, participou da reunião até o final, ouvindo, perguntando e comentando respeitosamente. As respostas simples e diretas de Genoino nos convenceram da sua inocência. Saímos de lá convencidos de que, se culpa havia, era a de ele ter dito a verdade diante das câmaras de televisão.

Hoje temos muitos motivos para pensar que, se então tivesse mentido, não o teriam condenado, seis anos depois, "por assinar sem ler". Pois 2012 nos faz testemunhar o escândalo de um julgamento, em que a Suprema Corte do nosso País não agiu com a isenção dela esperada. Preferiu condenar sem provas. Haquira não está mais aqui para compartilhar conosco essa triste experiência. Se estivesse, ficaria, como muitos de nós, indignado. Mas, sereno e firme, continuaria ao lado dos que lutam contra esse Brasil do passado, porque, no seu Brasil, o futuro é hoje.

Ligia Chiappini

O JAPONÊS TRANQUILO

Haquira começou a existir, para mim, nos fins dos anos 1970, sob o nome de Haquira Osakabe, autor de um livro desejado, mas inalcançável, à época, em Portugal, *Argumentação e Discurso Político* ("texto mimeografado", aparecia na bibliografia). O encontro com este título e respectivo autor aconteceu por intermédio de um velho amigo, Eduardo Prado Coelho, raptado, pela morte, uns escassos meses antes do Haquira. Malhas que o acaso tece...

Em 1985, aquando da minha primeira visita a São Paulo, conheci o Haquira, amigo muito querido da minha quase irmã, Maria Lúcia Dal Farra.

O primeiro encontro com o Haquira foi um encontro do primeiro grau, instantâneo. Em São Paulo e Campinas, a literatura portuguesa, a teia dos amigos, as afinidades eletivas começaram a delinear um círculo que tinha por centro o Haquira. Ao longo dos anos, o círculo foi-se alargando no espaço externo (Lisboa, Berkeley, São Paulo) e no interior do coração, cada reencontro a aprofundar a intimidade. Intimidade feita de pequenas cumplicidades, longas conversas (bate-papos sobre tudo e nada), muito humor, carinho silencioso, gestos delicados.

Às minhas perguntas ansiosas, ou agitação, respondia o Haquira com a calma do sábio, que o corpo expressava, e a língua reforçava: "Tranquilo". E, para mim, "tranquilo" passou a designar o Haquira mesmo se, às vezes, suspeitasse que, sob a sua tranquilidade, havia um vulcão incandescente.

A viagem, que planeamos fazer a Florianópolis, ainda não aconteceu mas, tranquila, continuo à espera que o Haquira me diga: "Chegou a hora de partir. Venha sem demora".

Linda Costa

"UM FRUTO EM SUA INTACTA PUREZA"

Em tempos em que a produção intelectual universitária costuma render-se às regras do consumo rápido, em que a lógica pragmática da produção em larga escala e da reprodutibilidade ameaça se impor como padrão de qualidade e como valor máximo, a voz do nosso querido Haquira sempre se mostrou destoante, apresentando-se como contraponto a tudo o que se prendia transitório, substituível ou descartável. Haquira valorizava o indivíduo naquilo que lhe tornava especialmente único. Um aluno nunca era apenas mais um aluno, um trabalho, nunca apenas mais um trabalho. Haquira buscava o essencial e, por esse motivo, fez--se fundamental na vida de muitas pessoas.

No ano de dois mil e três, o nosso querido Haquira foi o grande homenageado no décimo nono Encontro Brasileiro de Professores de Literatura Portuguesa, ocorrido na cidade de Curitiba. Guardo comigo a felicidade e a satisfação de poder ter participado desta homenagem. Em seu breve discurso de agradecimento, Haquira não perdeu a oportunidade de, humildemente, nos ensinar com poesia:

> Confesso que meus sentimentos diante da possibilidade desta homenagem foram sempre confusos: fiquei sempre me perguntando sobre sua pertinência, sobretudo no contexto de um congresso que reúne especialistas em literatura portuguesa, um campo ao qual venho me dedicando há algumas décadas, mas para o qual tenho contribuído parcamente em matéria de produção contábil. Aceitar a homenagem em nome de quê? Recusá-la por quê? Na dúvida, falou-me, em primeiro lugar, o respeito às razões que motivaram os organizadores que tiveram essa ideia e, em segundo lugar, o pecado muito perdoável da vaidade. Do privilégio desta homenagem, se ela teria de ocorrer um dia, prefiro usufruir não só por ainda estar vivo, mas sobretudo por sentir-me confortável, recebendo esse sopro de afeto que me motiva a continuar exercendo a grande herança que meus pais, ambos professores, me legaram: ensinar. Aqui eu abriria um pequeno espaço para franquear um pouco meus sentimentos em relação a essa tarefa, para mim, vital. Me lembro muito bem que um dia, numa escondida escolinha da periferia de São Vicente, um aluno, garoto dos seus oito ou nove anos, me disse que havia acordado antes de o sol nascer para apanhar-me uma goiaba, antes que o passarinho viesse bicá-la. E o fruto estava ali, intacto e fresco sobre a minha mesa. Naquele momento compreendi definitivamente qual era o significado de ensinar: gerar sempre essa vontade de superar o sono da madrugada ou a avidez do pássaro para resgatar um fruto em sua intacta pureza. Talvez tenha sido essa a imagem mais definitiva e mais afirmativa que tenho da minha condição de professor. Uma imagem arquetípica. Emblemática. E a cada vez que vejo um aluno entregar-me sua tese pronta, seu trabalho de fim de ano, sua prova bem feita, vejo repetido o gesto daquela criança: o desafio de madrugadas, o desafio aos pássaros nem sempre generosos, e sobretudo o fruto reluzente sobre a mesa, puro e promissor em seu sabor, mas sobretudo inefável na sua promessa de fecundidade e esperança. Esta

homenagem generosa, aceito-a como sendo dirigida à comunidade dos mestres aprendizes à qual tenho a honra de pertencer. (OSAKABE, 2003, p. 1106).

O principal legado que carrego como aprendiz de meu querido mestre Haquira é o mesmo que ele recebeu de seus pais e que se encerra na tarefa de tentar conservar e cultivar esse "fruto em sua intacta pureza".

OSAKABE, Haquira. *Agradecimentos à homenagem. Anais do XIX Encontro Brasileiro de Professores de Literatura Portuguesa.* Curitiba: UFPR, 2003 (p. 1106).

Luís Fernando Prado Telles

O interesse pelo chamado romance católico, que então nos aproximava, está longe de justificar a grande admiração que tenho pelo Haquira. Para além de sua inegável erudição e do modo sempre amigável como conduzia as reuniões com seus orientandos, ele sempre me impressionou pelo à vontade com que tratava de temas absolutamente complexos, para não dizer esotéricos, pelos quais demonstrava, aliás, predileção.

Marcelo Schincariol

APRENDER LITERATURA

(...) o ideal do ensino sistemático da língua materna deve ser não a constituição do aluno em sujeito de seu próprio discurso, mas a constituição de uma disponibilidade no aluno para a precariedade inevitável de sua condição de sujeito. O que significa: sua disponibilidade para essa crise permanente que lhe exige o confronto com os processos de estabilização típicos dos movimentos sociais, a que denominamos estereotipização.

(...) E retomando aqui a ideia inicial de que a condição de sujeito é a condição de uma crise contínua, entendamos que aprender literatura é também o aprendizado dessa crise na disposição das singularidades que ela implica.

(OSAKABE, Haquira. "O ensino de gramática e o ensino de literatura. A propósito do texto de Lígia Chiappini de Moraes Leite". In: GERALDI, João W. *O texto na sala de aula*. 3. ed. São Paulo: Ática, 2004, pp. 27 e 30)

Como aluno de Haquira Osakabe, privei da sua honestidade intelectual e de um padrão de exigência acadêmica que não fazia concessões às modas teóricas ou às políticas de produção científica. Relendo alguns de seus textos acadêmicos, percebo que a arquitetura do argumento e a clareza das ideias estavam voltadas para o fortalecimento de um espaço público, uma *conditio sine qua non* para o debate vigoroso das ideias. Sua paixão pela Literatura Portuguesa, se assim me posso expressar, e suas incursões na questão do ensino de literatura, revelam uma atitude política e ética corajosa: aprender literatura é o aprendizado da crise contínua do sujeito. Ensinar literatura não é uma questão pedagógica ou de orientação metodológica, é uma questão ontológica e ética. Sempre fará falta alguém que nos lembre isso, alguém que encarne isso.

Marcos Lopes

Haquira,

sua presença em minha vida afetiva e na universidade se faz desde a tenra juventude. Professor e amigo. Amizade que entra pelas entranhas. Não se apaga, fica, dentro e fora da gente, pela lembrança de tantas coisas vividas até as profundezas.

Foi ele quem me levou ao encontro do sujeito da linguagem, *aquele que se enuncia*, no caso, os afásicos e suas dificuldades. Diz ele: *A condição de sujeito é a condição de uma crise contínua. Menos do que uma decorrência natural, a vida se formula em sobressaltos. Esse é o espaço em que se constitui o sujeito do discurso, incompletude por definição.*

Ele transforma o olhar por onde passa, o que me fez compreender a afasia como uma possibilidade de linguagem, de intersubjetividade, mudando a posição discursiva de *paciente* para *sujeito* afásico.

Por sua orientação, incluí no estudo das afasias as condições de produção que se fazem a partir de um quadro de imagens possíveis, psíquica e ideologicamente marcadas, que sustentam a produção do discurso, um quadro de informação prévio e necessário, assentado no jogo de imagens de Pêcheux — modificado por Osakabe — justamente pela introdução da intersubjetividade nas formações imaginárias que inclui a natureza do ato que alguém pratica ao falar de determinada maneira.

Haquira entra em nossas vidas como afeto. Participa. Torce. Sabe. Diz. Acompanha tudo, de perto e de longe: o crescimento dos filhos, as relações em família, os *sobressaltos*, as alegrias.

A vida nos dá possibilidades incríveis, como conviver com Haquira, e nos tira sem consulta. Mas o tempo presente o traz pelos vários caminhos da memória que ecoam em nós e além de nós, em nossos alunos, amigos, filhos, netos. Meu primeiro neto é Pedro, como ele.

Uma imagem de quietude na montanha iluminada por uma grandeza serena.

Saudades imensas,

Maria Irma Hadler Coudry (Maza)

Haquira.
Pedro.
Pedra? Rio?
Ribeirão. Minas.
Cafés chás quitutes quitandas...
Quintais.

Quietude.
Silêncio.
Sorriso.
Abraço.
Amigo.
Em bom português:
Saudades.

Maria Laura Mayrink Sabinson (Lalau)

Sobrevida

Matéria ardente que o fogo
arrebata para si
— assim a mariposa.

Venho clamar por clemência:
por que deve fenecer
quem se acumula de luz?

Canto
(portanto)
às escuras.

Maria Lúcia Dal Farra

A primeira coisa que me vem à mente, quando recordo Haquira,
é sua extrema generosidade. Foi com essa mesma generosidade
que registrou, em uma nota de rodapé de *Fernando Pessoa —
Resposta à decadência*, o seu agradecimento para com o então
aluno pela interlocução sobre o *Fausto* do poeta português e a
grande esperança que depositava em meu trabalho; sem saber, ou
sabendo-o, em sua malícia mineira, que hipoteca esta esperança
significava.

Markus Lasch

Modos de salvação

Havia uma ordem no mundo,
de onde vinha?
(*Adélia Prado*)

Conheci Haquira Osakabe na USP. Estivemos juntos em Campinas, em São Paulo, em Curitiba; jantamos em Salvador, numa noite de lua cheia. Tivemos grande cumplicidade, fruto de uma dor comum. Ambos sentimos terrivelmente o desaparecimento de João Luis Lafetá, ocorrido em 1996. Ligados por esse elo, permanecemos sempre próximos. O seu texto "Frequentação de um poema" — comentário feito a *A rosa mística*, composição de Adélia Prado — integra um livro de homenagens a Lafetá. A leitura crítica enfatiza, no poema de Adélia, a certeza de que, precária e dolorosa, a experiência humana adquire sentido no plano de uma ordem que subjaz e harmoniza os elementos do mundo. Segundo Haquira, a autora afirma uma via salvífica que, disseminada na experiência, nela também se pode ocultar, causando desespero, "um contato quase fatal com a desordem". Portadora de revelação, a experiência demandaria um gesto humano, engajamento entranhado em súbitas descobertas que podem coincidir com a prosaica observação de um cesto de legumes ou com a criação de um poema. A análise situa, no centro de *A rosa mística*, o alento desse caminho libertador que, "em sendo natural, exige do homem um esforço não natural para acontecer".

Claramente, Haquira recorreu à fé de Adélia Prado, para nos conceder a esperança de um sentido, em meio à sensação de absurdo gerada com a perda de Lafetá. Nas últimas linhas escritas para lembrar o amigo mineiro e leitor da poeta mineira, Haquira conclui: "E fico esperando que João volte para ajudar na descoberta do sentido dos desacertos que todos temos vivido, inclusive com a sua partida."

Tenho voltado ao texto de Haquira muitas vezes. Em todas elas, encontro um modo de salvação. Gosto muito do poema escrito por Adélia Prado, mas confesso que, somente acompanhado do comentário precioso, *A rosa mística* deu-me alento. A saudade não se atenua, quando leio "Frequentação de um poema". Existe, todavia, no encadeamento do raciocínio ali contido, uma luz tão singular, quanto sugestiva de acordes harmônicos. Tal como exercida por Haquira, no texto citado e em tantos outros, a crítica literária suscita a impressão de que há, de fato, uma ordem no mundo. Resta perguntar: de onde vem?

Lamento nunca ter dito a Haquira Osakabe que o texto escrito para o meu orientador contribuíra (e continua contribuindo) substancialmente para a minha salvação. Talvez o sentido das nossas experiências não irrompa de uma só vez, inteiro, mas surja em pedaços ínfimos e algum dia se revele por acumulação. Fico lendo e relendo os textos do amigo, para que o processo prossiga, tornando mais sutis os desacertos que todos temos vivido, inclusive com a sua partida.

Mirella Márcia Longo

No final dos anos setenta eu me transferi da USP para o Instituto de Estudos da Linguagem da Unicamp, então sob a direção de Antonio Candido. Quem me recebeu foi Haquira Osakabe, de quem guardo a lembrança de um colega atencioso, cordial e de uma calma sabedoria.

Modesto Carone

UMA APRENDIZAGEM

Com a delicadeza oriental de um poeta que num simples traço desenha uma imagem-texto, Haquira compõe, na minha lembrança, a cada olhar e gesto que dele perduram, uma cerimônia de sensível envolvimento emotivo e um mudo e fértil diálogo de incalculável profundidade, unidos numa aprendizagem dos laços que a amizade é capaz de tecer, e tece, mas de tal modo elevada, na sua condição de sentimento puro, que mais que amizade, a amizade ressurge já transfigurada em sempre revivido ritual de paz na doce convivência.

Nadia Battella Gotlib

Haquira sempre nos surpreendia com aquele jeito manso, calmo como um buda mas intenso como um samurai, o que me fazia lembrar um poema de Basho:

"Acendam o fogo
eu vou lhes mostrar algo maravilhoso:
uma imensa bola de neve!"

Naomi Moniz

Em seu percurso acadêmico, Haquira saiu da análise do discurso para a literatura portuguesa, área à qual permaneceu ligado até a aposentadoria. Mas seu interesse ia muito além disso — penso, por exemplo, na literatura brasileira e seus autores "intimistas", num Lúcio Cardoso, que tanto atraía sua atenção, a ponto de achar perfeitamente natural um convite para debater uma dissertação de mestrado de uma aluna de sua ex-orientanda na área de portuguesa. Lembro-me disso para dizer que a imagem que guardo dele é a do exercício da liberdade de reflexão. Num tempo em que a universidade brasileira, acompanhando uma tendência mundial, iniciava um processo de valorização das especialidades radicais, Haquira seguiu na contramão, fiel à ideia de que o importante é nossa entrega às questões que nos mobilizam intelectualmente, sem nos preocuparmos sobre seu grau de visibilidade na cena acadêmica do momento — sim, porque a academia também padece dos males da moda. Liberdade de escolha do objeto a ser estudado, liberdade de abordagem. Um dia, tomando um café numa padaria perto de sua casa, em Campinas, cenário banal para uma conversa que não ia muito longe da superficialidade, ele observou, casualmente, que um trabalho acadêmico servia antes de mais nada para a iluminação — intelectual e espiritual — daquele que o elabora. Definitivamente, o sucesso, o reconhecimento não o interessavam. Mas como não reconhecer a importância de alguém que não apenas nos ensina, como nos permite o exercício da liberdade?

Patrícia da Silva Cardoso

Um dia, no começo da década de 80, um aluno da Física da Unicamp foi fazer uma entrevista para tentar mudar de curso: ele queria ir para a Letras. Já havia feito uma prova, em que achava que tinha ido bem, afinal sempre gostara de ler, e já tinha feito várias disciplinas do curso como eletivas. A entrevista foi feita por um *japonês* — como carioca ainda chegado há pouco em São Paulo, toda pessoa com cara de oriental era para ele *japonês* — que lhe perguntou o que ele poderia trazer de contribuição ao curso de letras. Na hora o candidato titubeou, deu alguma resposta meio ridícula relacionando as ciências exatas e a linguística, e ficou em dúvida se tinha passado. Veio a descobrir, um pouco depois, que tinha. O tempo passou. Dois filhos e uma passagem rápida pelo teatro o afastaram da Letras. Em 1984, resolvido a se formar o mais rapidamente possível, ele se matriculou em grande número de disciplinas. Entre elas uma, de Literatura Portuguesa, dada pelo mesmo *japonês* que havia feito a entrevista. Pois é, não acredito em deuses, nem no destino. Mas acredito no acaso. Daquele fortuito encontro no início da década de 80, do curso que por acaso me matriculei em 1984, surgiu o intelectual que hoje sou. Fiz por duas vezes o curso de Literatura Portuguesa I, em que descobri uma Idade Média que não supunha que tinha existido. Depois fiz e refiz o curso de Literatura Portuguesa IV, em que pude descobrir — com imenso prazer — o fim do século XIX e o início do século XX, não só o português — com Antero, Pessoa e Pascoaes —, mas também o francês, com Baudelaire e Rimbaud, entre outros. Do curso surgiu a minha proposta de mestrado — trabalhar com as biografias de Pascoaes — e, dela, o meu doutorado, sobre a imagem de Portugal na segunda série de *A Águia*. Ambos orientados por aquele mesmo *japonês* que um dia, no passado remoto, havia me entrevistado.

Aquilo que sou hoje — como professor e, em grande medida, como gente — é fruto desse *japonês*. Considero — já o disse algumas vezes — Haquira como o meu pai intelectual. Sou filho dele — e sou apenas um entre muitos. A homenagem que lhe foi prestada na reunião da Associação Brasileira de Professores de Literatura Portuguesa de 2005, que ocorreu em Curitiba, mostrou bem o papel fundamental que, discretamente, ele tem para os estudos de Literatura Portuguesa no Brasil. Seus orientandos estão espalhados pelas mais diversas universidades. Tive poucos professores como ele. A única que teve um papel tão importante é aquela que me pediu este texto. Como poderia negar, para aquela que considero como minha mãe intelectual, um texto sobre aquele que me formou? Esta justa homenagem, que só alguém com a sensibilidade da Maria Lúcia poderia imaginar, é um tributo a um profissional que soube ser mais que um professor. Soube se insinuar na vida de muitos, e através deles, talvez sem o mesmo brilho, continua vivo e a ensinar. Estes livros são uma

forma — mesmo que tosca — de possibilitar àqueles que não
o conheceram um contato com aquele que, infelizmente, já nos
deixou. Sejam bem-vindos.

Paulo Motta de Oliveira

amigo irmão
você guardou
tanto mistério
tanta bondade
no coração
e foi o guia
que nos mostrou
como acolher
e ser fiel
à poesia

Paulo Neves

Numa das suas últimas mensagens Haquira me perguntava
detalhes sobre o bairro onde Pessoa habitara em Lisboa, que
fora o meu, e o dele, quando se hospedava na casa de minha
tia. Para Pessoa, e Haquira também, o poema e a rua conver-
giam na constante e recíproca tentação do sublime pela
simplicidade. Era dessa raça de poetas, o mais português dos
japoneses.

Pedro de Souza

Haquira, amigo,

vontade de conversar com você não falta e os assuntos são muitos: trabalhos, comidas, famílias, lembranças...

Hoje vou contar que andei olhando um álbum de fotos suas, tão carinhosa e cuidadosamente montado pela Teca, que será guardado no CEDAE, com muitas outras coisas suas. No álbum, tem você por todas as partes: Lisboa, Washington, Besançon, São Paulo, Campinas, Califórnia. Foi muito bom te encontrar lá, desde os anos 70, quando nos conhecemos na república da Andrade Neves.

Você me fez voltar a Ribeirão recentemente para buscar o álbum e as outras coisas. Conheci a casa nova da Teca, os novos sobrinhos-netos, chegados do Japão e falamos muito de você, claro. Fazia calor e a Teca nos acolheu como vocês sempre souberam fazer.

Essas são notícias recentes e fresquinhas.

Raquel Salek Fiad (Raca)

"Oportunidade e arroz com feijão". Essa foi a observação do professor Haquira quando eu lhe contei sobre o meu início na docência. Passados mais de dez anos, quando ingressei no doutorado sob sua orientação e passei a participar de seu grupo de estudos, percebi o alcance e valor daquelas palavras. Enquanto meus colegas do grupo de orientação já traziam um admirável percurso acadêmico, o meu se convertia em milhas de estrada e de horas-aula em várias instituições de ensino, com dois ou três empregos ao mesmo tempo, em diferentes cidades etc. Na última reunião em que ainda pôde estar presente, ele me advertiu "apresse, não vai dar tempo"... voltei para casa aos prantos, entendi que ele sinalizava que eu não seria capaz... no entanto, quando ele nos informou sobre seu afastamento médico, percebi a sua preocupação. E ele estava certo. Não deu tempo... mas eu estava abastecida não só de feijão... Haquira promovera uma afinação tão profunda que *naturalmente* seguimos todos juntos... e ele permaneceu, orquestrando todos os trabalhos, um a um... o meu foi seu último.

Simone Nacaguma

Haquira era um homem arisco, um pouco enigmático. Doce ou duro, conforme lhe parecesse adequado e justo. Acolhia de forma surpreendentemente (quero dizer: eu me surpreendi com sua acolhida). Atirava dardos, eventualmente. Fino, exato. Tomava o partido dos amigos, às vezes, e, às vezes, só por essa razão. Eventualmente, eles não faziam o mesmo.

Seus cursos faziam ler textos que pareciam ter pouco a ver — com os núcleos duros. Na verdade, estes são quase só repetição. Foi por razões do tipo que disse, um dia, a alguns orientandos, que não nos orientaria mais: parecia-lhe que estávamos adquirindo uma linguagem comum, familiar. Como saber se isso prestava? Ele nos queria saindo na chuva — se fosse o caso, para nos "queimar" (como diria Vicente Matheus, e agora me parece ouvir sua gargalhada).

Estava sempre presente. Mesmo se olhando de longe. Na minha casa, ele às vezes aparecia para uns testes, especialmente, nos últimos anos. Eram testes das posições políticas. Tratava-se menos do IEL e da Unicamp do que do Brasil, que ele passou a ver de dentro (conhecia muitas das figuras que tinham subido, e também isso o punha às vezes em grande dúvida: ele os conhecia, confiava neles, mas continuariam os mesmos, lá longe, cercados?) e de fora, depois de suas experiências americanas.

Pensando melhor, acho que vinha muito mais para conversar com a Ana. É que, assim que ela e a mãe do Haquira se viram, em uma visita a Ribeirão Preto, uma peculiar cumplicidade se estabeleceu entre elas, apesar dos raríssimos reencontros. E Haquira, o filho, sempre cultivou essa particular relação, que passava apenas pelo afeto.

De vez em quando, vou ao *youtube* para ouvir Alaíde Costa, que eu só conheci na missa em São Paulo, depois que o Haquira partiu, cantando, como ninguém, talvez como nunca, *Onde está você?*

Sírio Possenti

Acho que muita gente já disse isso,virou quase um clichê mas tenho que repetir: ter sido amiga do Haquira me fez uma pessoa melhor.

Saudades, imensas saudades de nossas longas conversas e risadas. Que falta você faz, samurai querido...

Sonia Goldfeder

"*... dá uma espiada* no Freud, depois *dá uma olhadinha* na teoria do Bousoño." Haquira virava-se para outro orientando e desfiava, de memória, mais um rosário de títulos e autores sobre temas que variavam desde o Tempo na narrativa até a psicografia. Saíamos de sua casa impressionados ("esse cara é Deus!"), além de saciados com a deliciosa comida que fazia. Aprendizagem para a vida toda, como se nada fosse, tipo Caeiro.

Tania Martuscelli

Haquira, o alumioso

Um anjo subiu aos céus!
Passem de longe, bondes, ônibus, rio de aço do tráfego.

Façam completo silêncio, paralisem os negócios,
garanto que um anjo subiu aos céus...

Um anjo subiu aos céus e nos deixou perplexos, devolvidos à nossa condição essencial de desamparo. Que faremos sem sua sabedoria? Como caminharemos sem sua luz? Quem nos apontará com o dedo "o lugar onde tudo começa e de onde tudo ganha sentido?"

Mesmo tendo sabido que ele podia partir a qualquer momento, desespera-me a ideia de não tê-lo mais aqui, ao alcance dos olhos, dos ouvidos e dos braços.

Só os grandes Seres deixam grandes vazios...

Talvez ele tenha tentado nos apontar alguma forma de consolo, lembrando-nos, num de seus últimos textos, de um poema de Orides Fontela:

> *O jacente*
> *é mais que um morto: habita*
> *tempos não sabidos*
> *de mortos e vivos.*
>
> *O jacente*
> *ressuscitado para o silêncio*
> *possui-se no ser*
> *e nos habita*
>
> *Que assim seja...*

Valéria Costa e Silva

É difícil escrever com poucas palavras tantos sentimentos e tantas lembranças do Haquira. Minha convivência com ele data do tempo em que fazíamos o curso de Letras-USP, na Maria Antonia. Lembro de sua atuação marcante e das rodinhas de colegas que se formavam para ouvi-lo, nas lutas das Comissões Paritárias, nos anos sessenta. O Haquira sempre foi engajado nas questões sociais e no compromisso de afeto nas amizades. Mais tarde, já na vida profissional, no Departamento de Teoria Literária e nos primórdios do Instituto de Estudos da Linguagem da Unicamp, nos anos setenta, o Haquira era uma pessoa que tinha uma noção exigente da ética, nas relações institucionais e nas relações pessoais. Cobrava dos colegas um comportamento politicamente correto, a sério, sem ser legalista. Aos amigos pedia a reciprocidade no afeto e inteireza no comportamento social e político. Ele era exigente e afetuoso, colega e amigo exemplar, para todos nós. Haquira foi um Mestre no sentido milenar da tradição oriental, e nos faz falta, muita falta!

Vera Chalmers

Certos laços ataram-se definitivamente nas barricadas da Mariantonia, no glorioso ano de 1968. Para o congresso *1968: Trinta Anos Depois*, capitaneado pela Fundação Perseu Abramo, pedi que Haquira apresentasse um texto. Viria a figurar entre os poucos, não mais que vinte, a integrar o livro resultante, *Rebeldes e contestadores*. Não só não se esquivou mas como de hábito fez um trabalho finíssimo, sua especialidade em linguística filtrando uma apreciação da poesia de outra aluna da mesma escola e do mesmo ano, Orides Fontela. Uma leitura devotada à perquirição não só daquela poesia à luz dos acontecimentos, mas também daquela gente. Gente que soube criar uma fulguração de utopia, como bem diz o título que escolheu: "Maio de 1968 ou a medida do impossível".

Walnice Nogueira Galvão

CADASTRO
ILUMI/URAS

Para receber informações
sobre nossos lançamentos e
promoções envie e-mail para:

cadastro@iluminuras.com.br

Este livro foi composto em Times pela
Iluminuras e terminou de ser impresso em
maio de 2013 nas oficinas da *Paym Gráfica*,
em São Bernardo do Campo, SP, em papel
off-white, 70 gramas.